AI & 하이터치 시대에 필요한 진정한 힘

말랑말랑 소프트 파워

AI & 하이터치
시대에 필요한
진정한 힘

말랑말랑
소프트 파워

SOFT
POWER

유재천 코치 지음

도서출판 더 로드
The Road Books

AI가 아닌 인간만이 할 수 있는 것은 무엇일까

AI 기술이 발전하고 진화하고 있다. 빅테크(Big tech) 기업이 선두에서 기술을 개발하며 발표하고, 다른 기업들 역시 앞다퉈 경쟁우위를 넘어서 세상의 변화와 새로운 기술에 대한 적응우위를 확보하기 위해서 열을 올리고 있다. 기업 내부에서도 새로운 기술에 대한 분석과 학습을 통해 어떻게 사업 포트폴리오에 반영할 수 있을지 고민하고 실행한다. AI 기술은 스스로 학습까지 하며 계속 진화하고, 간단한 질문에도 방대한 정보를 요약해서 제시한다. 이미지나 영상을 가공해서 내놓기도 한다. 우리가 기대한 수준을 뛰어넘는 진화를 지속하고 있다. 나아가 다양한 기술이 여러 산업 분야에 적용되면서 새로운 세상을 높은 수준의 변화를 겪으며 살고 있다.

인간의 삶에서 기술은 중요하다. 새로운 기술이 출현하고 발전하고 진화하면 그 기술에 관심을 갖고 고민하는 만큼 또 새로운 변화가 생길 것이고, 혁신이 될 것이다. 또한 이러한 혁신이 다시 인간의 삶에 도움이 된다면 효율적인 선순환이 된다. 따라서 AI 기술에 관심을 갖고 학습하고 어떻게 활용할지 고민해야 하는데, 동시에 반대의 질문이 필요한 시점이기도 하다.

"AI가 아닌 인간만이 할 수 있는 것은 무엇일까?"

인간만이 할 수 있을 거라고 믿었던 것을 AI가 해내고 있다. 어디까지 가능할까? 물론 미래로 더 가봐야 하겠지만 현재 시점에서 구분을 한다면, 인간만이 갖고 있는 고유한 능력에 집중할 때 위의 질문에 다가갈 수 있다. 만약 창의적인 아이디어를 생각하는 능력이라고 해보자. 인간이 그동안 많은 시간을 투자한 수많은 기획 회의와 일에 투입한 시간이 얄팍하게 느껴질 정도로 순식간에 AI가 창의적인 아이디어와 구체적인 계획을 내놓는다. 따라서 창의적인 아이디어를 생각하는 능력은 인간만의 고유한 능력이 아닌 게 되어버렸다.

인간만이 갖고 있는 고유한 능력을 특정하자면 '인간적인 감성'을 전제해야 한다. AI에게 없는 것이 감성인데, 굉장히 미묘하고 복잡하며 다양한 맥락적 특성을 갖고 있다. AI가 구현하는 구체성을 감성이라고 표현하기에는 거리감이 있다. 세세하고 구체적으로 정보나 의견을 제시한다고 감성이 있다고 보기는 어렵다. 인간적인 감성의 능력은 인간만의 고유한 부드러움과 말랑말랑한 특성을 지니고 있기 때문에 AI의 능력과는 다르다. 결국 AI 시대에 필요한 것은 기술에 대한 관심과 발전도 있지만, 더 중요한 것은 인간만이 갖고 있는 말랑말랑한 소프트 파워이다. 기술이 계속해서 발전하고 진화하겠지만, 최종 의사결정은 인간이 할 것이다. 또 그래야 한다고 믿는다. 현 시점에서 최대 리스크로 바라보는 윤리적인 문제도 그렇고 결국 기술의 발전이 인간의 삶의 풍요로움을 위해서라면 더욱 중요한 것이 인간의 고유한 특성이다. 여기에 집중할 때 우리의 삶도 스스로 더 풍요롭게 만들 수 있는 지혜가 생길 것이다. 또한 새로운 기술의 적용에 있어서도 새로운 차원의 접근도 가능할 것이라고 생각한다.

시대적인 필요성을 살펴보았다. 다른 한편으로 우리의 삶도 들여다보자. 우리의 삶 역시 인간인 우리 고유의 특성에 집중할 때 새로운 가능성과 풍요로움이 피어오른다. 그런데 그럴 여유도 없이 이슈 중심으로, 옳고 그름 중심으로 시간을 채워가기 바쁘다. 지나고 나면 소모적인 시간이었다고 느끼기도 하는데, 다시 다가올 현재와 미래는 또 새로운 이슈이고, 새로운 의사결정과 선택의 연속이다. 다시 미래 시점에서 똑같은 지루한 회고를 할 것인가? 과연 현재 시점에서 무엇이 중요하고 지혜로운 삶의 자세일까? 우리의 삶에서도 인간만이 갖고 있는 말랑말랑한 소프트 파워에 집중하는 것이 새로운 가능성이고 삶의 풍요로움이라는 선물이 될 수 있다.

취성(脆性)이라는 말이 있다. 물체가 연성(軟性)을 갖지 않고 파괴되는 성질을 말한다. 흔히 쓰고 있는 '너무 강하면 부러진다.'는 말에 비유할 수 있다. 어떤 목표나 무언가를 향해 가는 것은 좋지만, 너무 강하게 밀어붙이면 오래가지 못하고 금세 지쳐버리는 모양새로 볼 수도 있다. 혹은 누군가의 반응에 격하게 발끈해서 대인관계의 날이 서는 경우 역시 취성의 상태이다.

나는 취성의 개념을 전공에서 공부하고 엔지니어로 일하는 일의 영역에서도 취성을 마주하며 내 자신이 취성에 가까워짐을 느꼈다. 유연함은 나이가 들어가면 자연스럽게 생길 줄 알았는데 생각보다 쉽지 않았다. 오히려 생각이 많아지거나 힘든 시기가 되면 더 강하게 자신을 몰아붙여 부러지기 적합하도록 만들고 있었다. 나도 모르게 뻣뻣한 인간이 되어버린 것이다. 이러한 뻣뻣함은 어떤 영역에서도 도움이 되지 않았다. 일시적인 목표 달성에는 잠시 도움이 되는 것처럼 보였다. 그러나 더 큰 어려움이 왔을 때, 혹은 장기적 관점에서 봤을 때는 그렇지 않았다. 고민이 되었다. 부드럽고 말랑말랑한 유연함은 무조건 더 기다려야 하는 것인지 궁금했다. 삶의 고난이 닥쳐오는 시간 앞에서, 소중한 시간 앞에서 기다릴 수만은 없었다. 배우고 싶었다.

4년간 공대생으로, 6년간 엔지니어로 살면서 10년을 뻣뻣하게 살았다. 10년간 나는 눈앞에 나타나는 이슈와 옳고 그름에만 집중했다. 그럴수록 삶은 점점 풍요를 잃어갔다. 인간관계에서도 회의감이 들었고 허무함까지 몰려왔다. 우연하게도 10년간의 생활을 정리하고 직업을 바꾸는 과정에서 뻣뻣함을 벗어나는 공부와 훈련을 하게 되었다. 어쩌면 스스로 갈망했기 때문에 계획된 우연일 수도 있겠다. 인본주의 심리학을 공부하며 그동안의 경험을 다시 돌아보았다. 일반화할 수는 없지만 지식으로 체계화하며 나름의 방법을 찾아가는 시간이 되었다. 이러한 배움과 훈련의 시간을 기록으로 남겼다. 그 이유는 시대의 필요성도 있지만, 나 역시 계속 훈련하고 싶기 때문이기도 하고, 내가 배운 나름의 지혜를 나누고 싶었기 때문이다. 이를 통해 더 나은 삶, 풍요로운 삶을 누리고 이를 나누는 사람들이 많아지면 좋겠다는 마음이 목적이었다.

인간만이 갖고 있는 고유한 특성인 감성을 기반으로 한 소프트 파워에 집중하면 풍요로운 삶이 우리 안으로 들어온다. 이러한 것이 한번 들어온다고 해서 바로 자신의 것이 되진 않는다. 연습하고 훈련해야 한다. 이 훈련의 최대 수혜자는 자신이 될 것이다. 한 번에 되지 않을 수도 있다. 하지만 이 과정 역시 연습이라고 생각하고 이 책과 함께 배우고 훈련하면 한결 마음이 편안해질 것이다. 나아가 이 책을 시작으로 더 확장해 나간다면 자신이 더 큰 지혜의 수혜자가 될 것으로 믿는다.

소프트 파워는 '하이터치'라는 인간의 감성, 공감 능력을 기반으로 한 인간만의 고유한 능력을 말한다. 공감, 유연성, 경청 등 인간의 삶과 관계에 있어서 인간만이 발휘할 수 있는 역량인 것이다. 하드 파워에 소프트 파워를 장착해야 삶이 풍요로워진다. 삶의 풍요와 삶의 균형을 되찾기 위해 현대인에게 필요한 능력 중 하나가 바로 소프트 파워이다. 이러한 소프트 파워를 기반으로 스스로의 삶에서 조절력을 발휘할 수 있다면 우리는 더 유연해지고 삶도 점차 여유로워지고 풍요로워질 것이다.

이제 뻣뻣함을 말랑말랑한 유연으로 바꿀 시간이다. 나와 같은 고민을 했던 분들이나 이 시대를 함께 살아가는 독자분들에게 새로운 관점으로 긍정적인 자극을 주고 싶다. 또한 새로운 가능성, 그리고 지혜를 나눌 수 있는 시간이 되기를 바란다. 우리 모두에게 더 나은 삶이 이어지기를 진심으로 희망한다.

의미공학자 유재천 코치

Part 5 삶에 집중하는 소프트 파워 • 185

Part 1

인간만이 갖고 있는
소프트 파워

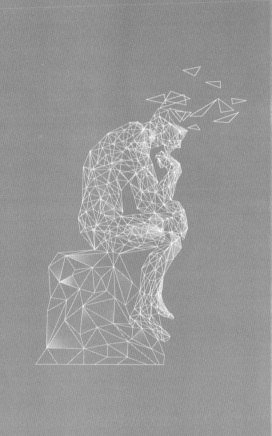

소프트 파워(soft power)란 군사력이나 경제 제재 등 물리적으로 표현되는 힘인 하드 파워(hard power)에 대응하는 개념이다. 강제나 보상이 아닌 설득과 매력을 통해 원하는 것을 얻는 능력을 가리키는 용어로, 하버드 대학교 케네디 스쿨의 조지프 나이(Joseph S. Nye)가 처음 사용한 용어다.

소프트 파워의 개념과 함께 눈여겨봐야 할 인간만이 가진 중요한 능력은 바로 하이터치(high touch) 개념이다. 이것은 직역하면 고감도(高感度)라는 뜻으로 하이테크(high tech)의 반대에 있는 인간적인 감성을 말한다. 미국의 미래학자 존 나이스비트가 그의 책 『메가 트렌드』에서 하이테크와 하이터치 현상을 소개했다. 고도의 기술이 도입되면 될수록 그 반동으로 보다 인간적이고 따뜻한 면이 유행된다는 것인데, 이와 같은 인간적인 반응을 가리켜 하이터치라고 부른다. 또한 세계적인 석학이자 미래학자인 다니엘 핑크 역시 그의 책 『새로운 미래가 온다』에서 언급하기도 했다. 기술의 발전과 함께 빠르게 변화하는 세상 속에서 인간의 정신적 삶은 피로사회, 소외사회로 가면서 오히려 인간의 미묘한 감정을 이해하고 공감하는 하이터치가 중요해질 것이다. 여기에 필요한 진정한 힘이 인간만이 갖고 있는 소프트 파워이다. 소프트 파워가 더욱 요구되고, 진가를 발휘하게 될 것이다.

하드 파워와 소프트 파워

소프트 파워에 대한 이해를 바탕으로 소프트 파워의 기술을 본격적으로 알아보기 전에 하드 파워의 개념을 좀 더 쉽게 살펴보자. 직장생활에 비유하여 설명해 보면, 하드 파워는 직무에 필요한 실무 교육이다. 예를 들어, 신입사원 교육에 포함된 회계, 보고서 작성법, 엑셀 사용법 등의 직무에 필요한 기술이라고 할 수 있다. 좀 더 구체적으로 업무처리 프로세스, 연구개발 방법론, 시스템 운영 방법 등과 같은 내용이 대표적인 하드 파워에 속한다고 볼 수 있다.

반면에 소프트 파워는 대인관계 능력과 관련된 것들, 스스로를 조절하며 성장하고 발전하는 방법, 자신의 마음을 이해하고 타인의 마음 역시 잘 헤아릴 줄 아는 능력, 팀원과 함께 성장하는 리더십과 같은 것들이라고 할 수 있다.

미래학자 다니엘 핑크(Daniel Pink)는 그가 경영대학원 학장과 만나 나눈 이야기를 그의 책에 소개했다. 졸업생들이 초청 강사로 다시 모교를 찾았을 때 학생들이 묻는 공통 질문이 바로 이것이었다고 한다.

"경영대학원에서 공부하던 학창 시절을 되돌아볼 때 좀 더 공부했더라면 좋았을 거라고 생각되는 게 있나요?"

경영대학원 학장은 어떤 대답을 했을까?

"금융과 회계를 공부해 두면 훗날 많은 도움을 받을 수 있습니다. 그런데 소프트 파워와 관련된 공부를 좀 더 했더라면 하는 생각이 듭니다. 그게 꼭 필요합니다."

학장은 소프트 파워의 중요성을 강조했다. 소프트 파워란 심리학이나 인간관계, 의사소통, 감정이입과 같이 표면적으로 소프트해 보이는 것들을 말하기도 한다. 아마 이 책을 읽는 많은 직장인들이나 사회생활을 오래 한 사람들이라면 공감할 것이다. 다니엘 핑크 역시 이를 매우 강조한다. 엑셀 프로그램에 단순히 정확한 숫자를 입력하고 함수를 적용하는 것보다 더 필요한 것이 바로 소프트 파워라는 것이다. 사람들과 좋은 관계를 맺고 서로 유익한 영향을 미치는 것이 진정한 승리라고 말이다. 우리가 살아가면서 얼마나 소모적인 관계를 되풀이하는지 상기해 보면 그 중요성을 깊이 느낄 수 있을 것이다.

삶을 풍요롭게 만드는 소프트 파워

잘 살고 싶다. 나도 한번 잘 살아보고 싶다. 그런데 잘 산다는 것이 무엇일까? 생각이 꼬리에 꼬리를 문다. 누군가는 경제적으로 부를 형성해서 잘 살고 싶을 것이고, 다른 누군가는 원하는 일을 하며 사는 것이라고 답한다. 혹은 가진 것에 만족하며 건강하게 사는 것이 잘 사는 것이라고 말하기도 한다. 정답은 없지만 우리 각자는 이 물음에 대한 답을 찾아가는 과정에 있다. 비록 각각의 방향과 내용은 다르더라도 과정을 거친다는 점은 같을 것이다. 이 과정에서 자신의 삶, 나아가서 우리의 삶이나 사회를 좀 더 풍요롭게 만드는 것이 바로 잘 사는 게 아닐까.

이때 눈여겨봐야 할 것이 소프트 파워의 주체와 객체다. 원하는 삶을 이루기 위해 또는 그 과정에서 우리는 필연적으로 다른 이들과 함께할 수밖에 없다. 예를 들어, 경제적인 성공을 위해서 사업을 한다고 했을 때, 표면적으로는 필요한 자본이나 기술 등 하드 파워가 기본이 되겠지만 여기에 소프트 파워, 즉 투자자나 협업자와의 관계 등이 원만해야 좋은 사업 성과로 이어질 수 있다. 나아가 그 과정에서 느끼는 보람이나 성취감, 감사함도 배가 된다.

이렇듯 소프트 파워는 우리 인생의 성공 과정과 결과 모두에 연결된다. 이 과정과 결과는 우리의 시간이고, 삶이다. 소프트 파워가 전체를 관통하는 삶에 풍요로움을 더할 수 있다.

삶에서 소프트 파워는 어떻게 발휘되는가

첫 직장 퇴사 후 6개월이 지난 어느 날 오후, 오랜만에 전화 벨이 울렸다. 첫 직장에서 TFT(Task Force Team)의 리더로 만난 분이었다. TFT는 회사 내에서 6개 부서가 긴급하게 설정된 목표를 공동으로 달성하기 위해 임시로 구성된 팀이었다. 그분은 당시 팀장님이었는데 전화를 받은 시점에는 부장이 되어 있었다. 부장님은 시간이 괜찮으면 저녁 식사를 하자고 제안했다. 반가운 마음에 흔쾌히 그러자고 했다.

TFT 시절 나는 대리 일 년 차로 6개 부서 TFT 간사를 맡았다. 사실 TFT 간사는 과장급이 해야 하는 역할이었음에도 대리 일 년 차인 내가 맡게 되어 영광이면서도 부담이었다. 하지만 부장님 덕분에 내가 가진 역량을 펼치며 성과를 낼 수 있었다. 당시 회장님이 특별 지시한 고객 클레임 제로화를 위한 TFT여서 어려운 임무였고 상황 역시 여의치 않았다. 그럼에도 불구하고 즐겁게 일해서 정말 기억에 남는 직장생활 경험 중 하나다. 나의 6년간의 첫 직장생활에서 가장 재미있게 일한 기간이었다. 팀장님은 팀원들에게 자율성을 부여하면서도 동시에 큰 그림을 그려 주곤 했다.

TFT 첫 회식 때 부장님이 내게 술을 한 잔 더 하자고 제안했다. 맥주를 마시러 갔는데 집에 갈 때가 되자 맥줏집 주인이 포장된 음식을 내게 건넸다. 부장님이 미리 회를 포장해 달라고 주문한 것이다. 혼자 계신 어머니께 드리라며 직접 챙겨 주신 것이었다. 나중에 다른 팀원들에게 들으니, 일본 주재원에서 돌아와 팀장 직책으로 있던 동안, 부장님이 2차 술자리에 참석한 적이 없었다고 했다.

내가 TFT에서 활동한 기간은 약 6개월이었는데 부장님과 함께 포항, 광양, 무주, 통영에서 워크숍을 했고, 전국으로 고객사 출장을 다녔다. 즐겁게 일하고 목표를 달성하며 성과를 냈다. TFT가 해체된 후에도 부장님은 종종 나의 안부를 물어 주었다.

이후 내가 더 좋아하고 잘할 수 있는 일을 하기 위해 퇴사를 결심했는데, 마지막까지 부장님이 나의 송별회를 준비해 주시기도 했었다. 내가 퇴사한 후 부장으로 승진하신 그분이 반년 만에 다시 먼저 전화를 주신 것이었다. "진정한 인간관계는 그 사람과의 이해관계가 끝났을 때가 진짜다."라는 말이 있는데, 부장님은 진정한 인간관계의 모습을 몸소 실천하고 있는 본받고 싶은 분이다.

내가 첫 직장에서 역할과 책임을 다해 열심히 일한 이유와 지금까지 이렇게 관계를 이어 오며 즐겁게 추억할 수 있는 이유는 부장님의 소프트 파워 덕분이라고 생각한다. 팀원에게 자율성을 부여하면서도 목표를 달성하도록 하는 부장님의 능력은 겉으로는 하드 파워로 인한 것처럼 보이지만 실제로는 수많은 소프트 파워를 발휘하기 때문이라고 생각한다.

첫 직장에서 당시 내가 속한 부서의 부서장님이었던 분 역시 직장에서 소프트 파워를 발휘한 사람이었다. 그분은 내가 첫 직장에 있었던 6년간 계속해서 승진을 이어 갔다. 임원으로 승진한 후에도 여러 주요 보직을 거쳤다.

부서 배치를 받고 그분을 처음 뵈었을 때가 기억난다. 부장실로 들어가 긴장한 자세로 의자에 앉았다. 그분은 인자한 미소와 함께 직접 차를 타 주며 내가 숨을 고를 수 있도록 해 주었다. 일상적인 이야기를 풀어내며 나의 긴장을 더 풀어 주었고, 신입사원인 나에게 이런 이야기를 해 주었다.

"결국에는 인간적인 매력이 중요한 것 같아요."

내가 이 말을 처음 들었을 때, 부장님의 표정은 아주 많은 것을 표현하고 있었던 것 같다. 그리고 이것은 여전히 나의 기억 속에 또렷하게 흐르고 있다. 왜냐하면 시간이 흐를수록 나역시 그 말의 힘을 느끼고 있기 때문이다. 내가 만난 사람과 내가 했던 경험을 유유히 관통하며 결국에는 사람에 의해 많은 일들이 좌지우지되고 변화될 수 있다는 것을 실감했다.

이 말은 인생의 성공뿐만 아니라 사람과의 관계에 있어서, 또는 삶을 포괄하는 말일지도 모른다는 생각이 든다. 어찌어찌 돌고 돌더라도 우리의 시선과 마음은 다시 사람으로 향하는 것처럼 말이다.

내가 만났던 TFT 팀장님과 신입사원 시절 부장님 모두 소프트 파워 역량을 갖추고 발휘하는 사람이었다. 또한 두 분의 공통점은 인간적인 매력이 넘친다는 것이다. 이렇게 보면 소프트 파워란 인간적인 매력이라고도 할 수 있다. 다시 말해 소프트 파워를 발휘한다는 것은 인간적인 매력을 발산하는 것이다. 즉, 자신의 인간적인 매력을 어떻게 발산하는지가 소프트 파워의 기술이다.

　나는 1,000℃가 넘는 온도의 열기를 내뿜는 철강 기업에서 엔지니어로서 일했지만, 삶의 시간을 더할수록 사람만이 내뿜는 매력과 열기가 훨씬 더 깊고 따뜻하게 다가온다. 그만큼 사람만이 가지고 있는 소프트 파워에는 대단한 힘이 있다고 믿는다.

Part 2

소프트 파워의
시작

본격적으로 소프트 파워에 대해서 알아
보며 훈련하고 연습해 보자. 시작 단계에서 해야 할 것이 있다.
먼저 우리 마음의 작동법을 이해하는 것이다. 살다가 '내가 왜
이러지?'라는 질문에 답답해한다. 인문학 서적이나 심리학 서
적을 읽다 '아하!' 하는 경험을 한 적이 있을 것이다. 서로 다른
존재와 개인으로서 우리는 각자가 다르고 독특하지만, 공통적
인 인간의 특성으로는 유사한 면이 많다. 인문학과 심리학에서
함께 알아가는 특성 역시 이런 것이다. 소프트 파워를 향해 갈
때 역시 먼저 인간의 공통적 속성으로써 마음의 특성을 이해
하는 것이 필요하다.

마음을 이해한다는 것: 마음과 자율성

"2100년이면 현생 인류 사라질 것"

이세돌 9단과 알파고의 바둑 대결과 관련해서 유발 하라리
가 한 언론사와의 인터뷰에서 한 말이다. 그는 이스라엘 히브리
대 사학과 교수로 인간 종(種)의 탄생부터 인류 역사를 집대성한
베스트셀러 『사피엔스』의 저자다. 그는 21세기 후반에 인류는
혁명에 휘말릴 것이라고 말한다. 또한 인공지능에 밀려 무용지
물로 전락한 인간들이 약점을 보완하기 위해 기계와 결합을 선
택할 것으로 예상했다.

오늘날 전 세계에서는 AI(artificial intelligence, 인공지능) 기술에 대

한 관심이 뜨겁다. AI 기술은 누구나 궁금해하는 미래, 그리고 인류와 밀접한 관련이 있기 때문이다. 세상의 변화 속도는 유래가 없을 만큼 빠르다. 이렇게 빠르게 변화하는 세상에서, 그렇다면 우리는 어떻게 살아가야 하는가? 하라리 교수는 이에 대한 해답으로 "지금부터 '마음'에 대한 연구를 강화해야 한다."라고 말한다.

> "신체·인지 능력이 초(超)인간이 되더라도 '마음'을 유지한다면 기계와는 확연히 다른, 지금처럼 따뜻한 감성을 가진 존재가 될 것이다. 우리 몸과 뇌 연구에 천문학적 비용을 투자하는 것처럼 마음의 연구에도 공을 들여야 한다."

하라리 교수에 따르면, 인간이 끝까지 인간다움을 간직할 수 있는 비결은 '마음'에 있다는 것이다.

하이터치의 시대에 소프트 파워를 배워야 하는 이유가 점점 더 뚜렷해지고 있다. 인공지능의 발전에 따른 중요한 관점은 '인간이 AI 기술을 어떻게 활용할 것인가?'에 있다. 또한 이를 위해서는 하라리 교수의 말처럼 인간다움을 간직할 수 있는 '마음'에 대한 관심과 연구에 더 집중해야 한다. 인간다움에 대한 연구의 발전이 거듭되어야 AI 기술의 '활동 방안'에 대해서도 더 큰 그림을 그려 볼 수 있을 것이다. 그렇다면 우리의 마음은 어떻게 작동하는지 배워 보자.

『마음의 작동법』의 한 부분을 살펴보자. 이 책의 저자인 에드워드 L. 데시는 로체스터 대학교 사회심리학과 교수로 40여 년간 인간 행동의 동기 연구에 전념했다. 그는 마음에 있어서 중요한 부분인 동기부여에 대해 다루고 있다.

사실 책의 서두에서 내면 동기부여의 진수는 어떠한 행동 그 자체에 완전히 빠져드는 것이라고 큰 그림을 보여 준다. 어린아이들이 그렇다. 어린아이들은 학습을 하면서 뭔가 다른 것을 성취하겠다는 생각을 하지 않는다. 그저 호기심을 느끼기 때문에, 알고 싶기 때문에 학습한다고 에드워드 L. 데시는 말한다.

나도 가끔 그러한 생각을 한다. 아이들의 순수한 호기심이 신비롭게 보일 때가 있다. 아이들은 내일을 걱정하지 않는다. 지금, 여기에 빠져든다. 이러한 순수함에 비추어 나를 돌아보고 지금 이 순간을 즐기기 위해 노력한다. 그러나 그것은 생각만큼 쉽지 않아서 나는 일어나지도 않을 일을 미리 걱정하거나 쓸데없는 생각을 자주 한다. 그만큼 행동 자체에 빠지는 것, 그 자체로 동기부여는 쉽지 않다.

이러한 인간의 특성 외에 또 다른 면을 살펴보자. 인간은 어떠한 행동을 했을 때 원하는 결과가 나타날 것을 확신하지 못하면 동기를 부여받지 못한다고 한다. 동기를 부여하려면 자신의 행동과 그 행동으로 나타날 결과 사이의 관계를 이해할 수 있어야 한다.

직장생활을 예로 들어 보자. 사회 초년생 시절에 업무가 익숙하지 않을 때는 자신의 행동과 결과 사이의 관계를 이해하기 어렵다. 그러나 점차 업무에 익숙해지면서 스킬이 생기면 업무 처리 속도가 빨라진다. 그러면서 자신의 능력에 대해 확신이 생기고 일에 대한 만족감을 느낀다.

그런데 만약 자신이 맡은 프로젝트에서 본인이 원하는 방향으로 프로젝트를 이끌어 나가지 못하고 상사의 판단에 의해 좌절된다면 업무에 대한 동기가 저하된다. 자신이 원하는 방향으로 프로젝트를 진행하고 그 결과를 확인하지 못할 때 업무에 대한 자율성이 제대로 발휘되기 어려울 것이다. 이렇듯 마음의 작동에서는 이러한 자율성이 큰 역할을 한다.

에드워드 L. 데시 교수와 함께 이 책의 공동 저자인 리처드 플래스트는 인간이 기계이기보다는 유기체적, 인본주의적이라는 가정을 출발선으로 삼아 동기부여 연구를 시작했다고 말한다. 핵심은 인간이 적극적으로 세계에 참여하면서 유기체적 통합을 이루어 가는 발달의 과정을 거친다는 것이다. 다시 말해

모든 인간이 내적으로 더 큰 조화와 통합을 지향한다는 의미
다. 또한 인간 발달의 본질은 일관성과 균형을 이루려는 성향
에 있다는 것인데, 예를 들면 발달은 사회가 아이에게 제공하
는 것이라기보다는 아이가 사회의 도움과 보살핌 속에서 주체
적으로 이루어 내는 결과라는 것이다. 이 또한 자율성의 중요
성을 말하고 있는 것이다.

자율성의 건강한 기반은 진실한 자아

우리는 인간의 마음이 어떻게 작동하는지, 인간의 자율성과 주체성을 동기부여 측면에서 살펴보고 있다. 그런데 다른 한편으로 우리는 지금 하고 행동이 과연 진실한 자아로부터 나온 것인가를 질문해야 한다.

에드워드 L. 데시 교수는 진짜 속마음을 표현하지 못한다고 고백하는 사람들이 많다고 말한다. 대학생들과 인터뷰를 해보면 그들 중 많은 이들이 주변에서 강요하거나 원하는 모습이 되기 위해 애쓴다고 말한다. 진정한 자신의 모습 같은 것은 애초에 존재하지 않는 것 같다고 말이다.

데시 교수가 만난 많은 학생들은 진짜 자신의 속마음을 표현하면 스스로 이기적이라는 생각이 들거나 죄책감을 갖게 될 것 같다고, 다른 사람들이 자기를 좋아하지 않을 것 같다고 고백했다고 한다.

현시점에서 우리는 자신에 대한 이해를 바탕으로 한 진정한 자아의 중요성을 다시 한번 상기해 보아야 한다.

마음을 알아가는 과정

『마음의 작동법』이라는 책에서는 일관되게 '자율성'에 대해 이야기하고 있다. 우리 마음은 인간의 주체적인 자율성에 의해 움직인다는 것을 명확하게 제시하고 있다. 그런데 책의 마지막에서 실상 인간의 마음을 움직이는 동기부여 및 자율성을 높이는 기법 따위는 없다고 말한다. 무슨 말일까? 진정 마음을 움직이는 것은 외부의 어떠한 힘에 의해서가 아니라 깊은 내면에서 비롯되어야 함을 일깨우고 있다.

궁극적으로 있는 그대로의 자신을 받아들이고 자기의 마음을 이해하려고 노력할 때 원하는 변화를 시작할 수 있을 것이다.

"개인적인 변화의 이유를 찾았을 때, 그리고 부적응 행동의 바탕에 숨은 불안과 무능력, 분노, 고독 등 다양한 감정과 대면하고 해결할 마음을 먹었을 때 그때서야 비로소 변화의 동기가 마련된다. 그 상태가 되었다면 여러 기법이 유용하게 쓰일 수 있다. 하지만 결단이 없다면, 그리고 개인적으로 의미를 부여할 수 있는 변화의 계기가 없다면 기법은 아무런 쓸모가 없다."

"변화를 향한 진정한 개인적 욕구가 반드시 있어야 한다. 그런 다음에야 기법이 약간 도움이 될 수 있다. 결국 기법이란 성격과 기질에 맞아야 하고, 또한 진심으로 변화를 선택한 사람에게만 효과가 있다."

"의미 있는 변화는 유기체적 준비에서 나온다. 지금이 변화의 시기라는 느낌, 매 순간 노력하겠다는 마음의 준비가 필요하다. 압박은 도움이 되지 않는다. 자기 비난과 마찬가지로 압박 또한 상처만 입힐 뿐이다. 압박을 느끼면 순응하거나 저항할 수밖에 없다. 순응은 변화를 낳을지는 모르지만, 그 변화는 오래가지 않는다. 저항은 애초부터 변화를 가로막는다. 의미 있는 변화는 자기 자신

을 받아들이고 행동의 이유에 관심을 두며 달라지겠다
고 결심할 때 일어난다."

_『마음의 작동법』(에드워드 L. 데시)

마음공부는 대단히 방대한 영역이고 어렵다. 하지만 재미있
다. 나를 알고, 우리를 알아 가는 과정이기 때문이다. 마음공부
는 또한 소프트 파워에서 굉장히 중요한 부분이다. 즐기며 이해
하고 다시 우리의 마음을 바라보자.

자율성과 방임

인간은 하고 싶은 대로 말하고 행동한다. 그러고 싶은 욕구
가 강하다. 자신이 하고 싶은 대로 말하고 행동했을 때 성공 경
험이 축적된다면 계속해서 자신의 말과 행동이 강화되고 생각
도 고착된다. 자율성이 보장되는 환경에 처해 있거나 자율성의
경험이 성공적으로 반복된다면 자율성을 더 쫓게 된다. 그런데
여기에서 중요한 질문을 던질 필요가 있다.

'내가 어떠어떠해야 한다는 조건과 기준은 과연 어디에서 왔을까?'

정신과 전문의이자 『스스로 살아가는 힘』의 저자 문요한 씨는 이 질문의 중요성에 대해 이야기한다. 자신이 가지고 있는 가치관이나 사고, 판단이 과연 자신의 것인가를 비판적 사고를 통해서 재정립할 때 진정한 자율성을 획득할 수 있다는 것이다. 이러한 비판적 질문을 통해 건강한 자기 이해에 한 걸음 다가설 수 있다.

우리가 하고 싶은 대로 할 때 주로 따르는 사고는 직관이다. 직감을 따르거나 직관적으로 사고해서 말이나 행동으로 옮긴다. 이러한 과정이 편하고 빠르기 때문에 선호한다.

그러나 소프트 파워라는 힘을 얻기 위해서 실제로 더 중요한 것은 편리함을 넘어서 비판적인 시각으로 혹은 다른 다양한 관점으로 사고해 보는 자세다. 새로운 주제나 내용을 다루는 글을 읽거나, 자신과 같은 고민을 해본 사람의 이야기를 듣거나 직접 대화를 나누어 보는 등의 시도를 통해 새로운 관점이나 사고, 접근이 가능해진다.

그렇다면 과연 '새로운 시도가 필요한가?'라는 반론을 제기할 수 있다. 그렇다. 이 또한 비판적 사고이자 새로운 관점이다.

결국 자율성을 이해해야 하는 중요한 이유는 자신의 말과 행동의 결과를 과정 측면에서 점검하고 조절하기 위해서다. 과연 자율성은 어디에서 왔고 어디까지 자율적이어야 하는지 스스로 점검할 수 있는 사람이 소프트 파워를 갖춘 사람이다.

자율성만 강조하면 자칫 방임으로 치우치기 쉽다. 국가도 법이 필요한 것처럼, 개인 역시 자신만의 규칙이나 철칙을 가지고 있어야 한다. 그래야 개인의 자율성을 추구하되 스스로를 방임하지 않을 수 있다.

Part 3

나에게 집중하는
소프트 파워

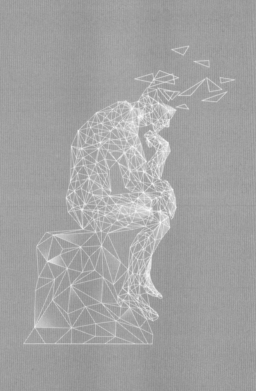

인생에서 가장. 중요한 것은 무엇일까? 개인의 가치관과 인생의 시기, 상황에 따라 다르겠지만, 지금껏 살아오면서 내가 가장 중요하다고 생각한 것은 바로 '사람'이다.

성공했지만 사람은 놓치고 부와 명예만 쫓는 사람, 모든 것을 가졌지만 주변에 아무도 없는 사람, 여러 집단에서 평판이 매우 나쁜 사람들에 대해 듣고 보면서 다시 사람에 대해 생각하게 된다.

다양한 학문 중에서도 인문학이 중요시되는 이유는 무엇일까? 세상을 구성하고 움직이는 주체는 당연히 사람이다. 따라서 모든 산업과 기술, 학문 역시 인간을 빼놓고 논할 수는 없다. 4차 산업혁명과 관련된 변화에서도 결국 모든 기술의 방향은 사람을 향할 수밖에 없다. 사람의 욕구에 집중하고 이와 관련된 산업은 점차 발전하고 있다. 급속한 기술 개발로 인해 인간을 대체할 수 있는 많은 영역을 기계와 인공지능이 대신하게 되었지만, 결코 인간 그 자체를 대체할 수는 없다.

따라서 누구나 인생의 방향을 설정하려면 인간의 본능과 속성은 물론 '나'라는 자기에 대한 이해와 타인에 대한 이해가 선행되어야 한다. 물론 그 출발은 '나'로부터다.

자신: 나를 어떻게 바라보고 돌봐야 하는가

당신에게 가장 소중한 사람은 누구인가? 그 이유는 무엇인가? 사람들에게는 누구나 세상에서 가장 소중하다고 생각하는 존재가 있을 것이다. 그 사람이 자신이 살아가는 이유가 되기도 하고, 때로는 깊은 신뢰와 애정, 위로를 보내주는 사람이기도 할 것이다. 그런데 많은 사람들이 종종 자신의 소중함에 대해서는 잊고 살아가기도 한다. 사실 이 세상에서 가장 소중한 사람은 바로 자기 자신인데도 말이다. 물론 가족이라는 정말 소중한 존재가 있지만, 가족을 잘 돌보기 위해서 자신도 잘 돌봐야 한다. 마음만은 가족이 우선이라고 할 수 있지만, 내가 나를 잘 챙겨야 가족도 잘 챙길 수 있다.

내가 없다면 과연 이 세상은 존재할까? 이것은 조금 철학적인 질문이기는 하지만, 한 번쯤 생각해 볼 만한 문제다. 그만큼 스스로가 가장 소중한 존재임을 항상 상기할 필요가 있다. 자신의 가치를 알아보지 못하고 자신을 소중하게 대할 줄 모르는 사람이 과연 타인을 귀하게 여길 수 있을까?

자신을 대하는 방식과 타인을 대하는 방식은 결국 다시 자신에게 돌아온다. 그런데 이러한 사실을 머리로는 이해하지만, 실제로는 자신을 존중해 주고 잘 대해 주지 않는 경우가 많다. 바쁜 삶 속에서 자신까지 챙길 여유가 없다면서 자신과 마주하는 것을 회피해 버린다. 그렇게 시간이 흘러 다시 자신과 마주하면 또다시 불편해진다. 대체로 그렇게 살기 바쁘다.

만약 지금껏 당신도 스스로와 마주하기를 회피하거나 소중히 대하지 않았다면 이제는 달라져야 한다. 자기에 대한 생각과 느낌, 자신을 바라보고 대하는 방식과 표현까지 바꾸어야 한다. 변화하기 위해서는 무언가를 시작해야 하고, 시작하기 위해서는 어느 정도의 시간을 투자해야 한다.

30대의 어느 날, 한번은 나에게 이렇게 질문한 적이 있다.

'나는 과연 나를 얼마나 믿을까?'

내가 별생각을 다 하고 있다는 생각이 들었지만, 이 질문은 중요한 질문이라는 생각이 이어졌다. 그래서 대답을 시도했다. 대답은 '적당히'였다. 30년이 넘는 시간 동안 자신을 이끌며 살아온 나에게 던진 질문에 대한 대답이 문득 서글프게 느껴졌다. 정글과 같은 험난한 세상을 지금껏 잘 헤쳐오고 또 아직도 살아갈 날들이 창창한 내가 스스로를 '적당히' 믿으면서 살고 있었구나! 누군가 나의 뒤통수를 한 대 가격하는 듯 찌릿했다. 한편으로는 이러한 내가 안쓰러웠다. 나는 그때 결심했다. 지금껏 나를 제대로 믿어 본 적이 없으니, 지금부터라도 진짜로 믿어 봐야겠다고 말이다. 나는 곧장 노트 앞 장에 다음과 같이 적었다.

나는 나를 믿고, 나를 응원한다.
내가 가장 먼저 해야 할 일은
다른 사람이 나를 믿어 주기 전에
내가 내 자신을 믿는 것이다.
그냥 믿는 것이 아니라
진짜 믿어야 한다.
그냥 믿는 것과 진짜 믿는 것은 다르다.
아주 많이 다르다.
나는 오늘부터 나를 진짜 믿을 것이다.

한편으로는 호기심도 일었다. 과연 내가 자신을 진짜로 믿고 응원하면 어떻게 될까? 나를 위한 글을 자주 볼 수 있도록 노트에 쓰고 볼 때마다 소리 내서 읽었다. 그리고 나 자신을 진짜로 믿기 시작했다. 그러자 정말로 많은 변화가 일어났다. '적당히 믿는 것'과 '진짜 믿는 것'은 달랐다. 어떤 일을 하든지 나의 말과 행동에 대해 스스로를 응원했다. 자연스럽게 나의 말과 행동이 이전과는 많이 달라졌다. 적당히 하던 말과 행동은 더 이상 과거의 그것들이 아니었다. 나 자신을 위한 변화의 시작은 바로 그것이었다.

우리는 때때로 자신을 둘러싼 상황이 어려워지거나 힘이 들면 지치게 된다. 그때부터 적당히 하기 시작한다. 물론 모든 일에 최선을 다한다거나 열정을 쏟아부을 수는 없다. 자신의 에너지를 적당히 조절할 필요는 있다. 그러나 무엇보다 중요한 것은 우리에게 맡겨진 일이나 상황을 대하는 우리의 태도다. 그것에 임하는 마음가짐이나 자세에 진심이 없고 건성건성 적당히 하려 한다면 당연히 결과가 좋을 리 없다.

간혹 어떠한 일을 열성을 다하지도 않고 '운이 좋으면 되겠지.'라는 안일한 생각을 하고 있지는 않은가? 자신에게 주어진 일이 마음대로 풀리지 않거나 결과가 좋지 않을 때 다른 사람의 탓으로 돌리지는 않는가? 만약 이러한 일이 잦아진다면 심각하게 자신을 돌아봐야 한다. 어떠한 일이나 상황을 스스로 주도해 나가고 잘 대처해 나갈 수 있다는 스스로에 대한 믿음은 자존감과 관련이 있다. 자존감이 높은 사람은 새로운 일이나 상황이 자신에게 새로운 기회나 도전이 될 수도 있다고 생각해 어떻게 풀어 나갈지 고민해 보고 시도하기를 주저하지 않는다. 무언가 더 좋은 방법이나 구체적인 아이디어를 떠올려 보고 시도한다면 좋은 신호라고 할 수 있다. 이러한 노력들이 결국 좋은 성과를 내는 데 큰 원동력이 된다.

이러한 의미에서도 자존감은 무척이나 중요하다. 모든 일의 시작이 될 수 있는 기점이기 때문이다. 그렇다면 자존감을 높일 수 있는 방법에는 어떤 것들이 있을까?

예를 들면, 앞에서 사례로 소개한 '나를 믿고 나를 응원하는 글'처럼 평소에 자존감을 증진하기 위해 하면 좋은 것과 자존감이 떨어졌을 때 자신을 위해서 무엇을 해야 할지 생각해 보는 것이다. 그리고 실천할 수 있는 목록을 적어 본다.

[자존감 증진을 위해 평소에 해야 할 일]
- 나 자신을 진심으로 믿어 주기
- 작은 일이라도 무언가 해냈을 때 나를 칭찬하기

- 힘든 하루를 보냈을 때 자신을 토닥이고 나를 힘껏 끌어
  안기
- 내가 나를 공격할 때는 잠시 멈추고, 그 이유와 무엇을
  위해 그렇게 하는지 생각해 보기
- 거울을 보고 나의 눈을 따뜻하게 응시하며 나를 응원하기

[자존감이 떨어졌을 때 해야 할 일]
- 자존감이 떨어진 원인을 급하게 찾기보다는 '지금 자존감
  이 좀 떨어졌구나.'라고 나에게 말하고 휴식 취하기
- '살다 보면 이런 날도, 저런 날도 있는 거야. 괜찮아.'라고
  나에게 말해 주기
- 가족과 함께 맛있는 음식이나 차를 한잔하면서 가볍게
  근황 나누기
- 마음을 나눌 수 있는 가까운 친구와 만나거나 전화해서
  수다 떨기
- 그동안 걸어온 인생의 시간과 앞으로 인생의 큰 그림 바
  라보기

자신감: 모든 것을 연결하는 힘

남이 나를 어떻게 생각하느냐보다 중요한 것은

내가 나를 어떻게 생각하느냐다.

나는 힘과 자신감을 찾아

항상 바깥으로 눈을 돌렸지만

자신감은 내면에서 나온다.

자신감은 항상 그곳에 있다.

_ 안나 프로이트

자존감이 바닥인 상태에서 높은 자신감을 기대하는 것은

어렵다. 그럴 때는 아무것도 하기 싫고 부정적인 생각이 꼬리에 꼬리를 물고 떠오른다. 심지어 자신을 계속해서 공격하는 생각과 말이 반복된다. 그럴수록 먼저 자존감을 높여야 한다. 자신감은 자존감을 바탕으로 높아질 수 있다.

우리는 때때로 누군가 나에게 칭찬을 해 주거나 긍정적인 말을 건넬 때면 스스로가 꽤 괜찮은 사람이라고 생각하곤 한다. 그리고 그 순간에는 자신감이 차오르는 듯하다. 그런데 자신감에 대해서 생각할 때 중요한 포인트는 타인이 나를 어떻게 인식하느냐보다는 내가 나를 어떻게 생각하느냐다.

한번은 강연을 주로 하는 지인의 강연회에 초대받아서 참석했는데, 강연 내용 중 다음의 문구가 꽤나 인상직이있다.

"표정은 학력이나 스펙보다 훨씬 중요한 능력이다."

만약 스스로에 대해 존중하는 마음가짐과 긍정적인 인식을 가진 사람이라면 평소의 표정이 밝을 것이다. 표정은 다른 사람과 대면할 때 상대방이 나를 인식하는 첫 번째 모습이다. 표정이 어두운 사람은 왠지 위축되어 보이고 자신감이 없어 보이는 반면에 표정이 밝은 사람은 자신감이 있어 보이고 다가서기도 좀 더 쉽다.

인생의 시간을 떠올려 볼 때 이 말은 다시 힘을 발휘한다. 내가 만난 세상, 내가 만난 사람, 내가 만난 모든 것들을 인식하는 첫 번째는 나의 표정이다. 우리는 모든 대상을 가장 먼저 표정으로 마주한다. 서로의 표정을 살피기도 한다. 상대의 표정이 좋아 보이는지 살펴보고 혹시 얼굴이 좋아 보이지 않으면 무슨 일이 있는지 물어본다.

다른 사람들은 나의 표정을 어떻게 인식할까? 사람들은 때로 타인이 나를 안 좋게 보지 않을지 지나치게 걱정을 많이 한다. 타인이 나를 어떻게 인식하는지 알아보는 재미있는 실험이 있다. 초상화를 제작하는 사람이 두 개의 초상화를 그린다. 한쪽은 실험자가 자신의 얼굴에 대한 설명을 토대로 해서 그려지고, 다른 한쪽은 실험자의 지인이 실험자에 대해 설명해서 그려진다.

결과는 어땠을까? 완성된 두 개의 그림은 확연히 차이를 보였다. 두 개의 초상화 중 지인의 설명을 듣고 그린 그림이 실험자의 설명을 듣고 그린 초상화보다 훨씬 아름답고 매력적이었다. 반면에 자신에 대해 설명해서 그려진 그림은 매우 경직되어 있거나 매력적인 측면이 표현되지 않았다.

"당신은 당신이 생각하는 것보다 훨씬 더 아름답습니다."

자신이 생각하는 것보다 타인은 나를 더 괜찮게 본다. 지금 거울을 보고 자신의 표정을 살펴보자. 당신은 괜찮은 사람이고, 충분히 자신감을 가져도 된다. 자신감 있는 표정으로 자신과 세상을 향해 활짝 웃어 보자.

자기이해: 나를 위한 노트 한 권 정도는 있어야 하지 않을까

"남을 아는 것은 현명하다.
그러나 자신을 아는 것은 더 현명하다."

_노자

　인생이라는 여행을 누구와 함께하는 것일까? 사랑하는 가족과 주변의 소중한 사람들일 것이다. 그런데 우리는 간혹 가장 중요한 사람, 즉 자신과 함께하는 여행이라는 사실을 잊곤 한다. 기나긴 삶이라는 여정을 떠나는 주체인 자신에 대해 잘 알지 못한 채로 떠나는 여행길은 과연 순탄할 수 있을까?

하지만 아이러니하게도 자신에 대해 제대로 알고 이해하는 일이 결코 쉽지만은 않다. 오죽하면 소크라테스가 "너 자신을 알라"라는 말을 좌우명으로 삼았을까. 나 역시 한 살 한 살 나이를 더해 가며 조금씩은 스스로를 알아가고 자신과 가까워짐을 느끼지만, 또다시 인생의 굴곡을 만날 때면 '나조차도 또 모르겠다.'는 생각이 머릿속을 지배한다.

'과연 나는 누구일까?' 이러한 질문을 마주해 본 사람이라면 분명 자신을 알아가기 위해 노력하는 사람이다. 자신을 알아가는 방법은 수없이 많지만, 인생에 정답이 없듯이 자신을 알아가는 방법 역시 정답이 없다. 자기만의 방식으로 조금씩 알아가면 될 것이다. 이때 자기이해와 자기분석에 대한 개념을 이해하고 자신에게 적용해 보면 많은 도움이 될 수 있다.

먼저 자기이해란 무엇일까? 자기이해의 질문은 대부분 존재(being)와 자신의 가치(value)에 관한 것이다. 자기이해력이 높은 사람은 다양한 상황에서 비교적 잘 대처하고, 사람들과의 관계 역시 성공적으로 이끌 가능성이 높다. 자기이해력이 높은 사람은 평소에 다음과 같은 질문에 답할 수 있을 것이다.

- '나는 어떤 사람인가?',
- '나는 삶에서 무엇이 중요하다고 생각하는가?'

- '나는 내 성격이 어떻다고 생각하는가?'
- '나는 타인과의 관계에서 어떤 점을 중요하게 생각하는가?'
- '나는 어떤 상황에서 긴장하는가?'
- '나는 어떤 상황에서 당황하는가?'
- '나는 불안함을 느낄 때 어떻게 행동하는가?'

그렇다면 자기분석이란 무엇일까? 자기분석을 위한 질문은 나의 행동(action)과 행위(doing)에 관련된 것이다.

- '내 성격의 장점은 무엇인가?'
- '나는 무엇을 잘하는가?'
- '나의 강점은 무엇인가?'
- '내가 보완할 역량은 무엇인가?'

이렇듯 자신에 대한 다양한 질문에 답하는 것이 중요하다. 답하는 것이 불편하고 두려운 사람일수록 사실 이러한 질문이 필요한 사람이다. 회피하지 말고 직면하는 용기가 필요하다.

물론 이러한 과정이 낯설고 어렵게 느껴질 수도 있다. 한 가지 유용한 팁은 스스로에 대한 질문에 답하는 과정을 기록해 가는 것이다. 자신에 대해 새롭게 알게 된 점이나 생각의 변화, 변화한 과정과 결과를 기록해 보자. 기록하는 것의 장점은 단순히 머릿속으로 생각할 때보다 자신의 생각을 좀 더 명료하고 구체적으로 정리할 수 있다는 데 있다. 또 기록해 둔 내용을 나중에도 두고두고 곱씹으면서 기록한 이후에 어떻게 변화해 왔는지 반추해 보거나 앞으로의 청사진을 새롭게 그려볼 수 있다.

인생의 시간에 연속되는 선택을 잘하기 위해서 역시 자기이해와 자기분석이 중요한데, 인생에서 아주 중요한 소프트 파워임에 틀림없다. 내가 만약 삶을 다시 산다면, 혹은 20대로 돌아간다면 가장 집중하고 싶은 소프트 파워가 바로 자기이해다. 돌이켜보면 나를 알기 위한 노력은 조금도 하지 않고 환경에 휘둘리며 살아갔던 것 같다. 자기이해가 부족하니 생각도 부족하고, 부족한 생각으로 인해 사는 대로 생각하게 되는 시간이 많았다. 뒤늦게 후회하고 스물 여덟 살부터 나를 알기 위한 노력을 시작했다. 그동안 수많은 시험을 위해서 노트를 많이 썼는데, 정작 나를 위한 노트 한 권은 있어야겠다는 생각으로 나에게 질문하고 적어갔다. 나는 지금도 여전히 나를 알아가는 노력을 계속하고 있다. 하지만 자기이해와 자기분석을 위한 노력 덕분에 조금은 더 나은 선택을 해나가고 있다.

자기이해와 자기분석을 위한 방법으로 위에서 언급한 것과 같이 자신에게 질문을 던지는 방법이 아주 중요한 시작이다. 질문에 답해 보되 머릿속으로만 답하지 말고 기록하고 다시 곱씹어볼 때 도움이 된다. 또한 새로운 경험이 생기거나 새로운 시점에 기록한 것을 다시 반추해 볼 때 역시 새로운 자기발견이 될 수 있다. 두 번째 방법은 타인의 피드백을 참고해서 자신을 돌아보는 것이다. 이 방법은 내가 보지 못한 부분을 볼 수 있게 한다. 나름의 객관성을 확보할 수 있는 방법이다. 하지만 보통은 시도하지 않는다. 타인의 피드백을 듣는 것 자체에 부담을 갖고 있기 때문이다. 아주 가까운 친구에게는 종종 듣기도 하지만, 그 외의 사람에게는 듣지 않는 경우가 많다. 하지만 이 역시 좋은 기회다. 따라서 용기를 내야 한다. 나를 알아갈 수 있는 선물과 같은 피드백을 받는다고 생각하면 좋다. 세 번째 방법은 도구(Tool)를 활용하는 방법이다. 다양한 검사 도구를 시도해 보며 참고해 볼 수 있다. 사실 검사 도구 역시 설문에 답하는 방식이므로 주관의 객관화라고 볼 수 있는데, 참고한다고 생각하면 나의 새로운 면을 새로운 관점에서 볼 수 있는 기회가 생긴다.

자기결정: 삶의 결정적 순간에 필요한 힘

인생의 결정적 순간은 언제일까? 사실 우리 인생의 모든 순간이 소중한 결정적 순간이다. 그만큼 우리의 인생은 매 순간 소중하다. 하지만 그중 좀 더 결정적인 순간을 꼽자면 중요한 선택의 순간들일 것이다. 우리는 성장 과정에서 계속해서 중요한 선택을 하고 결과를 마주한다. 주변에 조언을 구하거나, 제안이나 안내를 받기도 하지만, 결국 최종 선택은 자기 자신이 한다.

결과가 어떻든 자신이 한 선택은 후회하지 않는 것이 좋다. 그러나 어찌 그렇게만 될까? 누구나 한 번쯤은 자신의 선택을 후회하거나, 그러한 선택에 영향을 미친 사람들을 미워하거나 원망하기도 했을 것이다. 하지만 지나간 일을 후회하거나 자신의 삶에 대한 책임을 타인에게 떠넘기는 태도는 아무런 도움이 되지 않는다. 그보다는 자기결정성을 높이기 위해 자기이해와 자기분석을 넘어서는 노력을 해야 한다. 자기결정성을 높인다는 것은 스스로 결정짓는 삶을 말한다. 그만큼 자신 있게 결정하고 만족도를 높일 수 있도록 하는 것이다.

영화 〈리스본행 야간열차〉의 작가이자 도서『자기결정』의 저자인 독일 철학자 페터 비에리(Peter Bieri)는 자기결정의 삶을 위해 필요한 것들 중 독립성을 첫 번째로 손꼽았다. 독립성은 타인에 관한 것이 아닌, 스스로에 대해 결정할 수 있는 능력이다. 스스로에 대해 결정할 수 있는 능력을 생각해 보기 위해서는 자신과의 연결이 우선되어야 한다. 경험이라는 재료를 통해서 자신의 발자취를 돌아봐야 자기결정권에 대해 생각할 수 있다. 여기서 주제는 '자기 자신'이다.

페터 비에리는 인간의 독특한 특징 중 하나로 스스로를 테마로 삶는 점을 꼽았다. 그는 인간은 스스로를 테마로 삼고 스스로를 돌볼 수 있으며, 한 발짝 물러나 자신의 경험과 내적 거리를 둘 수 있는 능력이 있다고 말한다. 우리는 이러한 연습과 훈련을 자주 해야 한다. 그 과정에서 자신에 대해 알 수 있고, 자신과의 연결이 축적되면 자아상이 확립된다. 자아상은 우리가 어떤 모습이고 싶은가에 대한 생각이다.

정리하면, 자신을 테마로 삶고 자신에 대해 알아갈수록 사신과의 연결성이 높아지고, 이때 비로소 자신이 원하는 모습 역시 알게 된다는 의미다. 자아상이 중요한 이유는 궁극적으로 자기결정을 통해 나아가는 방향이 자아상과의 조화성을 이루어야 하기 때문이다.

삶이 내적으로 또 외적으로 우리의 자화상과 조화를 이룰 때, 우리의 행위, 사고, 감정, 소망에 있어서 추구하는 형태의 사람이 되었을 때 자기결정적 삶을 사는 것이라고 비에리는 말한다.

정리해서 다시 말하자면, 먼저 자신에 대한 이해와 분석을 바탕으로 자신과의 연결성을 높이고, 스스로가 지각하는 자신에 대한 모습을 바탕으로 자신이 추구하는 자아상을 알아간다. 즉, 자기에 대한 방향 설정을 하는 것이다. 방향을 정했다면 결정적인 순간에 많은 것들이 단순하고 명쾌해진다. 이것이 바로 자기결정의 삶이다.

우리가 자신의 삶을 스스로 결정하기를 원하는 이유는 자기존엄성을 지키고 행복을 추구하기 위해서다. 자기결정을 위한 노력을 통해서 자신을 더 존중하고 행복으로 향하는 삶의 풍요로움을 더해보자.

나와 마주하기: 혼자 시간을 보내는 능력

하룻밤 자고 나면 신기술 발표가 쏟아질 만큼 세상의 발전 속도가 가파르다. 손안의 세상, 스마트폰은 우리의 일상생활 모습을 많이도 바꾸어 놓았다. 스마트폰 하나로 마트나 은행에 갈 필요도 없이 장을 보고 은행 업무를 처리할 수 있게 됐다. 각종 예약 업무는 물론 지구 반대편에서도 영상 통화 한 번으로 보고 싶은 사람의 얼굴을 바로 볼 수 있다. 이렇듯 세상은 우리가 생각하는 것 이상으로 빠르게 변화하고 있다.

하지만 화려하고 다채로운 세상의 발전이나, 변화의 속도를 따라가기 위해 소모하는 시간이나 에너지만큼 자신의 내적인 힘을 키우기 위해 얼마만큼 애쓰고 있는지는 의문이다.

당신은 세상사에서 잠시 빠져나와 고요 속에서 홀로 보내는 시간의 중요성을 알고 있는가? 사실 내적인 힘은 이러한 시간 속에서 어떠한 상황이나 스스로를 성찰하는 과정을 통해 길러지곤 한다. 그런데 오늘날 우리는 사람이 아니더라도 무엇인가와 함께하는 시간이 많아졌다. 아니 대부분의 시간을 그렇게 보내고 있다. 설령 혼자 있더라도 우리의 뇌는 쉴 틈이 없다. 눈으로 또는 머릿속으로 무엇인가를 열심히 좇고 있기 때문이다. 그렇지 않으면 불안감마저 든다.

그러나 기술이 발전하고 세상이 복잡해질수록 자기 자신에게 집중한 채 혼자 시간을 잘 보내는 일은 더욱 필요하다. 만약 혼자 있는 시간에 무엇을 할지 막막하거나 불안하다면 잠시 멈추고 진지하게 생각해 봐야 한다. 어떻게 해야 혼자 시간을 잘 보낼 수 있을지 떠올려 봐야 한다. 이것은 인간으로서 존엄성을 지키고, 주도적인 삶을 살아가기 위해 매우 중요한 소프트 파워이다.

혼자 시간을 보내는 과정을 통해서 자기 자신을 발견하고 성장하기 위한 토대가 마련된다. 또한 궁극적으로 다른 사람들과 좋은 관계를 유지하기 위해서도 혼자 시간을 보내는 능력이 중요하다. 그 시간을 어떻게 보낼지는 각자가 갖고 있는 생각에 따라 다르겠지만, 반드시 알고 있어야 한다.

혼자 시간을 보내는 능력을 키우기 위해서도 자기이해가 필요한데, 직접 구체적으로 적어 보기를 추천한다. 『나는 죽을 때까지 재미있게 살고 싶다』의 저자인 이근후 박사의 이야기를 사례로 살펴보자. 1935년생인 그는 사소하지만 혼자 있는 시간에 무엇을 하면 재미있을지, 행복할지 상세하게 궁리하는 것을 즐긴다.

[이근후 박사가 추구하는 재미]

- 집에서 한 시간 떨어진 북악스카이웨이에 천천히 걸어서 다녀오기
- 30년 동안 의료 봉사를 해온 네팔을 일 년에 한 번 방문하기
- 한 달에 한 번 시 낭송 모임 하기
- 40년 동안 봉사해 온 보육원에 가서 아이들과 놀아 주기
- 주말마다 네 자녀 가족과 돌아가며 저녁 식사하기
- 보고 싶은 사람 불쑥 방문하기
- 진짜 재미는 가진 것만으로도 즐거움을 느끼는 일

또한 다음과 같이 시간에 대한 그의 관점 역시 좋은 자극이 된다. 이러한 관점으로 시간을 바라본다면 혼자 보내는 시간을 새롭게 바라볼 수 있다.

"나이가 든다는 것은 누구에게나 좋은 일은 아닙니다. 하지만 누구에게나 오는 것이기 때문에 이 또한 받아들여야 할 생의 궤적입니다. 나이 들어 좋은 점이라기보다 나이 들면서 좋은 일, 즐거운 일을 만들어 가겠다는 마음가짐이 훨씬 중요하지요."

내 안의 나: 에고(ego)

　모든 학문의 시작점이 된다는, 철학에서 빠지지 않는 질문이 있다. 그것은 바로 '나는 누구인가?'라는 질문이다. 우리는 자아정체성을 확립해 나가면서 자신에게 질문을 던진다. 스스로 질문을 던지는 것 역시 인간의 특성 중 하나다. 인간이라는 존재를 이해하고 표현하는 다양한 방법과 내용이 있겠지만, 인간의 핵심에 존재하는 에고(ego)에 대한 이해가 필수적이다. 에고는 철학에서 '자아'라는 뜻으로 '의식의 통일체'라고 설명한다.

　에고를 가장 알기 쉽게 설명한 사람은 에크하르트 톨레다. 그는 『삶으로 다시 떠오르기』에서 에고를 소개하면서 에고의 다양한 특성에 대해 말한다. 에고는 두려움이라는 감정을 갖고, 인간의 마음상태에 나타니는 요소라고 표현한다. 심하게는 '기능장애' 혹은 '광기'라고도 부른다. 에고는 상대 또는 어떤 대상을 적으로 생각하고 공격하는 강박적인 습관을 가지고 있다. 때때로 공격의 대상은 내가 되기도 한다.

누구나 이러한 경험을 한 번쯤은 했을 것이다. 목표를 달성하지 못하는 자신에게, 나쁜 습관을 반복하는 자신에게, 내가 싫어하는 사람의 행동에 대해 공격하는 경험들 말이다. 에고는 부정적인 에너지를 기반으로 살아가기 때문에, 다시 말해 그 정체성의 기반이 위태롭기 때문에 우리는 에고를 이해하고 초월해야 한다고 에크하르트 톨레는 주장한다. 이처럼 에고는 부정적인 에너지를 기반으로 한 내 안의 나로서 자신을 공격하거나 자기합리화하며 자신을 공격한다. 즉각적인 반응과 분노, 자기 방어적인 태도를 보인다는 것은 아직 내면을 충분히 들여다볼 만큼 충분히 현재의 순간에 있지 않다는 말이기도 하며, 여전히 에고가 말하고 있다고 표현할 수 있다.

그런데 에고란 인간의 특성이기 때문에 회피하거나 거부하기보다는 에고의 특성을 잘 이해하고 조절하여 부드러운 힘, 즉 소프트 파워를 발휘할 수 있도록 힘써야 한다. 톨레가 서술한 에고의 특성을 읽어보며 에고가 무엇이고 어떻게 작용하는지 이해하려고 노력해 보자.

"에고는 언제나 형상과 동일화되고, 어떤 형상에서든 자기 자신을 찾으며, 그럼으로써 자기 자신을 잃어버린다. 형상은 물질과 육체만이 아니다. 물건이나 육체처럼 외부의 형상들보다 더 근본적인 것은 의식의 영역에서 끊임없이 일어나는 생각의 형태들이다. 이것들은 에너지의 형태를 띠고 있으며, 물질보다는 미세하고 밀도는 낮지만 결국에는 하나의 형태이다."

"머릿속에서 절대로 말을 멈추지 않는 목소리라고 당신이 알고 있는 그것은 사실 그칠 줄 모르는 강박적인 생각의 흐름이다. 모든 생각이 당신의 관심을 온통 흡수해버리고 자기를 망각할 때, 당신은 형상과 완전히 동일화되어 에고의 움켜쥠에서 벗어나지 못한다."

_『삶으로 다시 떠오르기』 (에크하르트 톨레)

톨레 역시 에고를 초월하기 위해서는 이러한 이해를 위한 노력이 필요하다고 주장한다. 또는 에고를 바라볼 수 있도록 현재에 존재하는 연습이 필요하다. 이 또한 어렵게 느껴진다면 '삶은 내 마음이 만들어 내는 것만큼 그렇게 심각하지 않다.'는 주문을 외워보는 것도 괜찮다.

자신과 타인: 우리는 어디에 집중해야 하는가

인간의 삶에서는 자신과 타인의 삶이 조화를 이룬다. 사회(社會)가 그렇게 구성되어 있다. 우리는 혼자서는 살 수 없다. 누군가와 함께 살아간다. 자신과 성격과 개성이 다른 누군가와 함께 일을 하는 곳이 회사이고 공동체다. 그렇다면 내가 타인을 어떻게 바라보는지 또는 타인이 나를 어떻게 바라보는지가 중요한 문제가 된다. 그런데 우리는 때때로 타인의 시선에 기대어 살아갈 때 삶의 풍요로부터 멀어진다.

독일의 철학자 페터 비에리도 우리의 감정이나 소망의 방향이 흔히 타인과 그들의 행동을 향하는 경우가 많다고 꼬집는다. 그는 타인의 시선을 아예 무시할 수는 없겠지만, 그것에 너무 연연하다 보면 다른 사람의 기대에 맞추어진 엉뚱한 삶이 되기도 한다면서, 자기결정적 삶을 바탕으로 타인에 대한 혹은 타인에 의한 시선을 어떻게 바라볼지 생각하게 한다.

페터 비에리는 프랑스의 모럴리스트 라브뤼예르(La Bruyere)의 말을 인용하며 타인으로부터 인정받고 싶은 욕구의 위험성에 대해서도 이야기한다.

> "우리는 외부에서 행복을 찾는 데 그치지 않고 굴종적이고 올바르지 않으며 정의와는 동떨어진, 미움과 전횡과 편견으로 가득 찬 인간들의 판단 안에서 행복을 찾으려고 한다."
>
> _ 프랑스의 모럴리스트 라브뤼예르

우리는 자기이해를 바탕으로 독립적인 시선을 가지도록 노력해야 한다. 먼저 자아상을 확인하고 올바른 정체성을 확립한 후에 타인의 시선에 휘둘리지 않되, 타인의 시선을 밑거름으로 자기 성장의 기회로 삼는 것이 지혜로운 방법이다.

Part 4

관계에 집중하는
소프트 파워

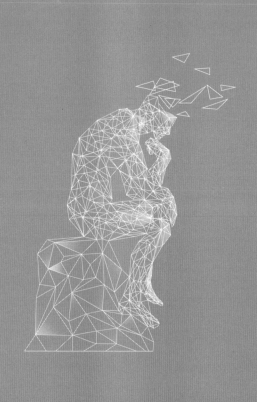

일을 하다가 문득 창의적인 생각이 떠오를 때가 있다. 그럴 때면 남다른 생각이 떠올랐다는 기쁨에 마음이 설렌다. 다양한 경로를 통해서 창의력이 발현되지만, 그중 대표적인 경우가 관점을 달리했을 때다. 기존에 바라보던 관점과는 다른 새로운 관점으로 일이 상황, 대상을 바라봤을 때 창의적인 생각으로 연결된다.

이 말인즉슨 관점에 따라서 모든 것이 바뀔 수 있다는 의미다. 관점을 바꾸면 생각이 바뀌고, 그와 연결된 모든 것이 다르게 보이거나 바뀔 수 있기 때문이다. 일이나 대상에 대한 관점이 바뀌면 이렇게 많은 것들이 바뀌는데 하물며 사람과 관련된 것은 어떨까?

사람과 관련된 것들에 관한 관점을 바꾸면 머릿속에서 자신을 괴롭혔던 생각에서 벗어나거나 누군가와의 갈등이 해소되기도 한다. 또는 사랑이 싹트기도 한다. 사람과 관련된 관점의 변화는 더 큰 에너지를 갖고 있다. 그러나 사람에 대한 관점을 변화시키는 것은 쉽지 않다. 전환점이 될 만한 경험을 하거나 의식의 전환을 스스로 이루어 내야 가능하다. 또는 관점의 전환을 위한 새로운 자극이 필요하기도 하다.

이 책에서 소프트 파워를 살펴보는 것 역시 자극이고, 또 누군가를 만나서 대화하는 것 역시 자극이다. 책을 읽거나 자신의 사고 과정을 복기하고, 사고 과정의 메커니즘을 살펴보는 것 역시 좋은 자극제가 된다. 다만 자극제의 내용을 어떻게 무엇으로 하느냐, 무엇을 주입하느냐, 어떻게 바라보느냐에 따라서 역시 과정과 결과가 달라진다.

관계적 관점의 전환: 상자 밖으로 나가기

나는 살아가며 나를 알아가기 위한 다양한 노력을 해 왔다. 책을 통해 나를 돌아보고, 경험을 통해 나를 확인하며, 사람과 삶을 통해 깨달음을 얻어 왔다. 그 과정에서 나름대로 많은 것을 얻고 성장했다. 한편으로 나는 잘 성장하고 있다며 자만하기도 하고, 다시금 나의 부족함을 확인하면서 겸손해지기를 반복하기도 했다.

잘못된 프로세스와 시스템, 열악한 환경, 내가 바꿀 수 없는 상대방조차 어떻게 하면 변화시킬 수 있을지에 대해서도 열심히 고민했었다. 그러나 과연 이 모든 것을 내가 바꿀 수 있을 것인지는 의문이었다. 다양한 관점과 관점, 시도, 노력에도 불구하고 내가 바꿀 수 있는 부분과 아무리 노력해도 바꿀 수 없는 부분을 깨닫고 겸허히 받아들이는 것 또한 좀 더 겸손해지기 위한 과정이었다.

관계적 관점의 전환이라는 소프트 파워 측면에서 살펴보아야 할 책 가운데 하나가 『상자 밖에 있는 사람』이다. 이 책에서는 '상자'라는 개념을 통해 내가 가지고 있는 생각과 행동을 쉽게 이해할 수 있도록 돕는다. 사람들은 내가 어떠한 행동을 하느냐보다는 어떠한 마음가짐과 어떠한 존재 방식으로 행동하느냐에 따라 반응한다고 한다. 이를 상자의 '안'과 '밖' 개념으로 설명하는데, 상자는 내가 어떻게 상대방에게 '저항'하고 있는지를 나타내는 은유적 표현이다.

'저항하는'이라는 표현은 자기 배반을 말한다. 자기 배반은 내가 해야 한다고 느끼는 것에 반하는 행위다. 자기 배반을 행할 때, 우리는 상자 안으로 들어가게 된다. 새로운 용어가 나와서 어렵게 느껴지는데, 쉽게 말하면 상대를 보거나 다른 부분을 보지 못하고 자신만 이기적으로 보게 될 때 상자 안으로 들어가게 된다는 말이다. 상자 안에서 자신만 바라본다는 개념이다. 이 책에서는 결과적으로 사람 사이의 협력이 안 되는 문제나 소통 및 제반 갈등 상황의 주요 원인이 바로 자기 배반 때문이라고 설명한다. 여기에서 저자는 다음과 같은 의문을 제기한다.

- '내가 살아가는 일반적인 상황에서까지 그렇게 하는 것이 다소 혼란스럽고 나 자신을 스스로 지치게 만드는 것은 아닐까?'
- '상자 밖에 머물기 위해서는 다른 사람을 위해 무엇을 해야 한다고 느끼고 있는 것을 항상 해야만 하는가?'
- '모두 내가 자기 배반하지 않고 희생해야 하는가?'

이에 대해서 책에서 제시하는 해답은 바로 인간애(humanity)이다. 다른 사람들에 대한 인간애로 인해 내가 다른 이들을 위해 무언가를 하도록 마음의 내면에서 요청받는 것이다. 책에서는 자기 배반을 하지 않는 것과 인간애의 관계를 다음과 같이 설명한다.

"우리가 상대방을 위해 해야 할 필요가 있는 일이 무엇인지 깨닫게 되는 그 순간, 그들을 인간으로서 그 가치를 존중해야 할 필요가 있게 됩니다. 내가 다른 사람을 한 인격체를 가진 존재로 보는 순간, 그들은 나만큼 실제적이며 정당한 필요 사항과 소망, 걱정을 가진 한 사람으로 보게 되고, 지금보다 더 발전할 수 있는 잠재력을 가진 한 인간으로 보게 됩니다. 그 결과 상대방에 대한 저항을 멈추고 나는 상자 밖에 존재하게 됩니다."

책에서 전달하고자 하는 바는 이해했다. 하지만 '그래서 어떻게?'라는 의문점이 뒤따른다. 왜냐하면 그래도 쉽지 않다는 것을 우리는 경험적으로 알고 있기 때문이다. 다시 말해 '상대방을 위해 해야 할 필요가 있는 일을 생각해 내는 것에 대한 동기부여를 어떻게 할 것인가?' 하는 문제가 남는다.

여기에는 조금은 천천히 가는 구분된 단계가 필요하다고 생각한다. 우선 상대방에 대한 저항을 멈추는 것이 첫 번째 단계일 것이다. 이 단계 없이 바로 높은 인간애를 갖고 처음부터 '상대방을 위해 해야 할 필요가 있는 일'을 생각하기란 쉽지 않다. 특히 어떠한 사람과 관련된 나의 상자가 아주 견고할 경우에 더욱 그렇다. 그럴수록 첫 번째 단계로 스스로에게 이렇게 말해 보자.

"우선 상대에 대한 저항을 멈춰보자."

그러면 자기 배반을 해소할 가능성이 커져서 다음 단계로 나아갈 힘이 생길 것이다. 나는 특히 이러한 첫 단계가 정말 중요하다고 생각한다. 우리는 자주 경험에 의해서 섣불리 판단하고 또한 한 번 공격할 거리를 찾으면 계속해서 공격하는 걸 새로운 연료로 취급해서 앞으로 돌진한다. 점점 자기중심적으로 생각하고, 이를 만족스럽게 자기위안으로 생각하고 다음 단계로는 넘어가지 않는다. 다음에 또다시 상대에게 공격을 시도한다. 그렇기 때문에 우선 저항을 멈춰 보자고 말해야 한다. 내가 상대를 공격하려고 하는 것 자체가 저항이고, 그런 상태를 인지한다면 첫 단계는 성공이다.

이제 두 번째 단계로 다음과 같이 말해 보자.

"상대방은 한 인격체를 가진 존재이고, 나만큼 실제적이며 정당한 필요 사항과 소망, 걱정을 가진 한 사람이며, 지금보다 더 발전할 수 있는 잠재력을 가진 한 인간이다."

이러한 과정을 거치면 우리가 '상대방을 위해 해야 할 필요가 있는 일'이 무엇인지 좀 더 명확해질 것이다. 관계에 있어서 관점의 전환이란 결국 상자 밖에서 존재하는 것, 즉 나 이외의 다른 사람을 나와 동등한 가치 있는 사람으로 바라본다는 것을 의미한다.

위의 글을 읽고 저항을 멈춰보자는 다짐에도 상대에 대한 저항이 쉽게 멈춰지지 않는다면 다음과 같은 메시지를 자신에게 던져보자.

- 상대는 때때로 논리적이지 않다. 종종 불합리하고 자기중심적이다.
- 하지만 상대도 자기 삶에서 자신에게 유익한 방향으로 새로운 방법을 찾으려고 노력하고 있다.
- 또한 자기 삶에서 고통을 피하고 행복을 찾으려고 한다.
- 그리고 이 사람도 인생을 경험하며 고난, 슬픔, 괴로움, 절망에 대해 알고 있다.
- 결국 이 사람도 나와 같이 자신이 원하는 것을 채우려 하고 있다.
- 이 사람도 나도 삶에 대해 배우는 과정에 있다.

단순히 저항을 멈춰보자는 제안보다는 괜찮아질 것이다. 첫 단계가 중요하기 때문에 천천히 저항을 멈추기 위한 숨고르기를 해보자. 그러면 상자 밖으로 나가서 내가 상대방을 위해서 그래도 무엇을 해야겠는지 떠오르게 될 것이다.

그렇다면 이번에는 조직의 차원에서 이 '상자' 개념을 생각해 보자. 개인에 있어서도 이 '상자'의 개념을 적용하는 것이 쉽지 않은데, 수많은 사람들과 시스템이 뒤섞인 조직의 차원에서 생각하는 일은 다른 면에서 또 쉽지 않을 것이다.

그러나 조직의 리더라면 조직 구성원들을 상자 밖으로 이끄는 리더십이 필요하다. 우선 리더가 상자 밖에서 존재하는 다른 차원의 리더가 되어야 한다. 또한 구성원들 모두가 조직의 성공을 위해서 경영 전략을 실행하는 과정에서 일어나는 자기 배반을 최소화하고 조직의 안팎에서 더 많은 상황 및 사람들과 상호작용해야 한다. 상자에 대한 이해와 적용을 통해 조직 구성원들 개인은 물론 조직에 대한 새로운 가능성을 찾아 나서야 한다. 이렇게 할 때 상자 밖에서의 창조적 협력이 가능할 것으로 생각한다.

상자 개념을 통해 나를 돌아보고, 나의 관계를 돌아보고, 조직과 리더십에 대해서도 생각해 보았다. 상자 밖에 존재하는 소프트 파워 측면에서 가장 중요한 점은 존재 방식의 관점 변화다. 모든 사람은 세계를 향해 열려 있는 '새로운 문'이다. 진정한 '나'라는 존재는 내 안에서 홀로 있기만 한다고 스스로 만들어지는 것이 결코 아니다. 상자 밖으로 나가 다른 사람들과 만나고 새롭게 관계를 확장함으로써 만들어진다. 한번에 저항이 멈춰지고 상자 밖으로 나가는 건 어려울 것이다. 연습이 필요하다. 이제부터 저항을 멈추자고 말하고, 내 앞에 있는 존재를 소중하게 바라보는 연습을 시작해 보자.

신뢰: 타인을 향한 꼬리표 떼기

신뢰는 인간관계를 연결하는 핵심이다. 물론 사랑이라는 상위 개념을 언급할 수도 있겠지만, 현대사회에서 이뤄지는 다양한 관계를 봤을 때 신뢰가 적합한 소프트 파워이다.

관계에서 신뢰가 중요한 건 알지만 신뢰를 어떻게 구축하고 어떻게 유지해야 할지는 구체적으로 알지 못한다. 우연히 함께하다 보니 사람과 사람 사이의 느낌으로 신뢰가 생긴 경우가 많다. 어떤 사람은 몸에 배어 있는 신뢰의 자세가 타인에게 신뢰감을 주기도 한다. 이처럼 신뢰는 정량적인 방법으로 어떻게 구축해야 할지 어려운 부분이지만, 중요한 인자(factor)를 살펴봄으로써 우리의 관점을 자극하고 타인에 대한 자신의 책임감을 돌아볼 때 자연스럽게 따라온다.

신뢰의 함수에서 가장 큰 영향을 미치는 변수 중 하나는 시간이다. 누적의 시간이 있어서 신뢰라는 결과물이 탄탄해진다. 그러나 시간의 양만 늘려간다고 신뢰가 쌓이는 건 또 아니다. 시간을 누적해 가는 시작점에서의 관점이 중요하다. 바로 타인에 대한 관점이다.

처음 보는 사람에 대해 순수하게 있는 그대로 보면 좋겠지만 쉽지 않다. 그동안의 경험으로 판단하려고 하고, 처음 본 이후에 시간이 누적되면 오히려 그 사람을 나만의 꼬리표로 마주한다. 물론 좋은 느낌의 꼬리표를 달면 좋겠지만 그렇지 않은 경우, 볼 때마다 좋지 않은 꼬리표가 표면으로 먼저 떠올라 신뢰 구축의 시작을 방해하고 그 가능성을 무너뜨린다.

당신도 지금 주변의 누군가를 떠올려 보자. 어떻게 생각하고 있는지 꼬리표가 따라올 것이다. 일단 좋은 느낌의 꼬리표가 따라오는 사람을 떠올리면 입가에 미소가 번지면서 기분이 좋아진다. 하지만 안 좋은 느낌의 꼬리표가 붙은 사람을 생각하면 기분이 썩 좋지는 않다. 그렇다면 그 사람과 신뢰의 정도는 괜찮다고 보기는 어려울 것이다.

모든 사람과 신뢰를 쌓을 필요는 없지만, 사회적 관계라는 것이 우리에게 다양한 역할과 책임을 요구하기 때문에 신뢰 구축이 필요한 경우가 많다. 어렵겠지만 한 달에 한 번쯤은 좋지 않은 꼬리표를 떼려고 노력해 보자. 꼬리표를 떼고 그 사람을 다시 보자. 긍정적인 면을 바로 보려고 노력하는 것보다는 꼬리표를 떼보는 것이 조금은 더 수월할 것이다. 이 연습만으로도 아주 작은 가능성을 발견할지도 모른다. 상대도 같은 인간이고 사람이기 때문에 다 느낀다. 내가 어떤 꼬리표를 달고 그 사람을 대하는지 느낀다. 당신이 인간관계에서 개선하고 싶은 의지가 있는 사람이 있다면 우선 꼬리표를 떼어보자. 이 또한 연습이다.

관계에 필요한 소프트 파워를 살펴보며 신뢰라는 개념을 상기해 봤다. 신뢰는 관계의 핵심인데, 당신이 갖고 있는 안 좋은 꼬리표를 떼고 시작하지 않으면 앞으로 살펴볼 소프트 파워의 힘이 약해질 수도 있다. 하루에 하나씩 혹은 일주일에 하나씩은 소프트 파워에 도움이 되지 않는 꼬리표를 떼어보자.

타인의 동기부여: 우리는 사람들에게
무엇을 억지로 하게 할 수 없다

동기부여라는 영역은 인간의 주된 관심사다. 학자들은 끊임없는 연구를 통해 동기부여와 관련한 매우 다양한 이론을 내놓았다. 그런데 이 연구들의 바탕에는 다음과 같은 신념이 자리하고 있지 않을까 생각한다. 그것은 바로 '우리는 사람들에게 무엇을 억지로 하게 할 수 없다.'는 것이다.

이 말은 인간의 고유한 특성 그 자체를 말한다고 나는 믿는다. 소프트 파워를 위한 마음공부를 하면서 가장 어려웠던 부분은 나의 마음을, 상대의 마음을 헤아리는 것이었다. 그만큼 서로 다른 인간의 마음을 움직인다는 것은 실로 대단한 일이다. 동기부여 자체에 대해 논의하려는 것이 아니다. 풍요로운 삶으로부터 멀어지게 하는 것 중의 하나인 관계에 있어서 '강요'라는 것을 다루어 보려고 한다. 이와 관련된 두 가지 사례를 살펴보자.

"젊은 부부가 처음으로 집을 사서 멋진 가구까지 들여놓았다. 그리고 주말에 고양이 한 마리를 데려왔다. 고양이는 집에 들어오자마자 발톱으로 소파를 긁기 시작했다. 아내는 놀라서 달려가 고양이를 안아서 바깥에 내놓았다. 그날 오후 고양이가 다시 발톱으로 소파를 긁었다. 이번에는 남편이 고양이를 안아 바깥에 내놓았다. 그 다음부터 고양이는 바깥에 나가고 싶을 때마다 소파를 긁어 댔다."

_『함부로 말하는 사람과 대화하는 법』(샘 혼)

사실 위의 사례는 언뜻 보면 강요와는 직접적으로 관련이 있어 보이지 않는다. 그러나 좀 더 깊게 생각해 보면, 우리는 어쩌면 이러한 강요에 의해 스스로 길들여지기도 한다는 것이다. 젊은 부부는 고양이가 소파를 긁지 못하도록 고양이를 강제로 안아 바깥에 내놓았지만, 오히려 고양이는 바깥에 나가고 싶을 때면 소파를 긁어 댐으로써 자신이 원하는 바를 달성했다. 젊은 부부가 고양이에게 강제로 사용한 방법이 옳지 않은 결과를 가져온 셈이다. 조금 더 우리 삶과 가까운 사례를 들어 보자.

> "부모님이 아이들에게 하는 강요를 들여다보자. 부모의 요구를 거부하는 아이들에게 부모로서 할 수 있는 행동은 벌을 주어서 그것을 후회하게 만드는 일이다. 그런데 어리석게도 아이들에게 벌을 주어 후회하게 만들 때마다, 그 아이들은 부모로 하여금 '그렇게 하지 말걸.' 하며 후회하도록 하는 방법을 가지고 있었다."

_ 『비폭력 대화』(마셜 B. 로젠버그)

두 번째 사례도 부모의 행동에 의해 아이들이 길들여진 경우인데, 길들여진 방향이 부모가 원하는 길이 아니라는 점이 중요하다. 이는 강요가 적절한 방법이 아니라는 것 그리고 강요를 통해서는 사람들에게 '자신이 진정으로 원하는' 무엇을 억지로 하게 할 수 없다는 것을 말해 준다. 한편 두 번째 사례를 통해 우리는 이러한 반문을 제기할 수도 있다.

"그렇다면 아이가 잘못된 행동을 저지르는 경우에는 벌을 주면 안 되나요?"

로젠버그 박사가 말하는 바는 이렇다. 사람들이 벌을 피하기 위해서가 아니라 바꾸는 것이 자신에게 이롭다는 것을 알게 해 주어야 한다는 것이다.

또한 로젠버그 박사는 풍요로운 삶으로부터 우리를 멀어지게 하는 것들 중 중요한 요인으로 위계적이고 지배적인 사회구조를 꼽는다. '무엇이 틀렸다.'거나, '무엇인가를 해야만 한다.' 또는 '안 하면 안 된다.'와 같은 배타적이고 강요적인 접근은 지양해야 한다고 말한다. 이러한 신념에 바탕을 둔 교육과 훈련은 사람들로 하여금 무엇이 옳고 그른가, 무엇이 좋고 나쁜가 하는 판단의 기준을 외부의 다른 권위자에게 구하게끔 만든다고 비판한다. 그보다는 자신의 내면에서 원하거나 느끼는 진실을 강조한다.

로젠버그 박사의 말처럼 우리가 외부의 기준이나 권위자의 목소리에 귀 기울이기보다 자신의 내면에 의해 결정하고 행동하기 위해서는 우리 사회와 교육의 구조적인 문제를 들여다보고 필요하다면 개선해 나가는 데 힘써야 할 것이다. 다음 사례로 다시 보자.

유치원 교사로 일하는 줄리는 처음으로 유치원에 오게 된 남자아이를 맡았다. 어머니가 서류 작성을 하는 동안 아이는 장난감 상자에 있는 플라스틱 야구 배트에 관심을 보였다. 아이는 곧장 장난감 상자로 걸어가 배트를 집어 들어 몇 번 휘둘러 보더니 옆에 있던 아이들을 마구 때리기 시작했다. 줄리는 조용히 다가가 "안 돼!"라고 단호하게 말한 뒤 배트를 빼앗아 보관함에 집어넣고 보관함을 잠갔다.

아이는 바닥에 누워 뒹굴며 울고 떼를 썼다. 놀란 어머니가 달려와 배트를 돌려 달라고 부탁했다. 아들이 처음부터 다른 아이를 때리려고 했던 것은 아니고, 자기 행동이 나쁘다는 것을 알기에는 너무 어리다고 하면서 말이다. 줄리는 어머니를 바라보면서 단호하게 한마디했다. "그렇다면 이제부터는 알아야지요."

_『함부로 말하는 사람과 대화하는 법』(샘 혼)

이 사례 자체만 보면 의견이 다양할 것 같다. 우선 부모가 아이에게 벌을 주는 사례와 이 사례를 구분할 필요가 있다. 이 사례는 줄리가 아이에게 벌을 준 것이 아니다. 아이가 한 행동이 자신에게 이롭지 못하다는 것을 알려 주려는 행동을 한 것이다. 그리고 핵심은 아이에게 어떠한 방법으로 교육할 것인지, 어떻게 일관되게 훈육할 것인지를 생각해 보는 것이다.

이러한 사례들을 통해 단번에 상황을 판단하는 오류를 범하기보다는 상황을 자세히 들여다보고 다양한 시각으로 접근하면서 생각해 보는 것이 우리가 해야 할 일이며, 소프트 파워를 기르는 방법이기도 하다.

인간만의 고유한 능력을 통해 삶을 풍요롭게 하고 우리를 유연하게 하는 소프트 파워에 대해 이야기하고 있다. 특별히 이 장에서는 인간관계에 있어 필요한 소프트 파워를 일상생활의 사례를 통해 살펴보고 있다. 그런데 배움도 중요하지만, 실천이 더욱 중요하다. 그 실천의 장이 이미 우리의 삶에서 펼쳐지고 있기에 우리는 언제든 시도해 볼 수 있다. 그 과정에서 한 번에 잘되지 않을 수도 있다. 하지만 하나씩 실천해 보고 다시 노력한다면 소프트 파워는 우리의 삶에서 점차 그 힘을 발휘할 것이다.

감수성: 감수성 훈련을 통한
인간에 대한 신뢰 회복

감수성이란 사전적 의미로 '외부 세계의 자극을 받아들이고 느끼는 성질'이다. 우리는 흔히 '감수성' 자체에 대한 단어 표현보다는 '감수성이 풍부하다.'의 표현을 많이 사용한다. 한편으로는 이를 예민하다고 오해하는 경우도 가끔 있다. 감수성의 영어 어휘는 'sensitivity'인데, 이 단어의 형용사 표현은 'sensitive'다. 이 단어의 뜻을 살펴보면, 우리가 흔히 알고 있는 '예민하다'라는 뜻은 세 번째 의미로 정의되어 있다. 그리고 첫 번째로 나와 있는 뜻은 '세심한'이다. 그런데 그 앞에 추가 설명이 있다. '(남의 기분을 헤아리는 데) 세심한'이라는 것이다.

우리말에서도 '외부 세계의 자극을 받아들이고 느끼는'이라는 수식이 붙는데, 영어에서도 '남의 기분을 헤아리는'이라는 수식이 붙는다. 이 둘의 공통점이 중요하다. 이를 바탕으로 외부 세계와 타인으로부터 영향을 받는 인간의 중요한 특성이 감수성이라고 이해할 수 있다.

이러한 맥락에서 소프트 파워로써 인간의 특성인 감수성에 대해 이해한다면 우리는 더 유연하게 삶의 순간순간을 풍요로 채울 수 있을 것이다.

감수성에 대한 공부와 수행으로 대학원 강의를 통해 '감수성 훈련'에 참가한 적이 있다. 이 책을 통해 간접경험을 해보고 관심이 더 생긴다면 한 번쯤 참가해 보기를 권한다. 그런데 훈련 과정이 쉽지만은 않다. 마치 중독자 치료 프로그램과 같이 원 형태로 모여 앉아 어떠한 주제도 없이 시작하는데, 두 시간 동안 자신의 감정만을 표현한다. 시작부터 어려웠다.

나는 당연히 훈련되어 있지 않았기 때문에 그동안 해오던 방식대로 생각이 먼저 표현됐다. 한편으로는 적응되지 않는 수업 방식에 '이게 대체 뭐지?'라는 생각으로 조용히 지켜봤다. 수업이 계속 진행되어도 적극적으로 참여하지 못했다. 계속해서 나는 생각을 먼저 표현하고 있었다. '감정'을 표현하는 것이 이렇게 어렵고 연습이 필요한 일인지 그때 처음 깨달았다.

일상생활에서 내가 감정을 표현하는 경우는 어떠한 특수한 상황이 발생했을 때가 대부분이다. 이를테면 정말 아름다운 자연경관을 보았을 때나 누군가의 호의에 감사를 표하는 경우, 미안한 상황을 내가 만든 경우처럼 말이다. 이렇듯 특수한 상황 외에는 감정을 표현하는 일이 무척 드물었다. 감수성 훈련을 통해 그 과정을 시작했지만, 시작부터 난감한 것은 다른 학우들도 마찬가지인 듯 보였다.

첫 번째 수업은 그렇다 치고 두 번째 수업은 어땠을까? 마찬가지였다. 계속 지켜만 보았고 여전히 생각만 많았다. 그런데 교수님의 한마디 말씀에 약간의 자각이 들었다. 그것은 바로 "모든 생각의 끝에는 감정이 매달려 있다."라는 가르침이었다. 교수님의 말씀을 듣고 나는 '생각이 계속 이어지는데 거기에 매달려 있는 감정이라는 것을 먼저 표현해 보자.'라고 단순하게 정리하니 한결 마음이 편안해졌다.

그런데 문득 궁금해졌다. 도대체 이 연습을 왜 해야 하는 것일까? 무엇을 얻고자 하는 것일까?

감수성 훈련의 수업 방식은 독특하다. 전 참가자들이 서로의 구분을 넘어서 하나의 존재로서 대화에 참여한다. 수업 초기 단계를 넘어 횟수를 거듭하며 나는 변화했다. 커리큘럼상으로 참가한 시간에 따른 것이 아니라 내가 수업에 참여하면서 느끼는 변화 때문에 그렇게 생각했다. 나름대로 열심히 참여했지만 지켜보고 바라보는 시간이 더 많았던 것이 사실이다. 그래도 덕분에 생각 끝에 달려 있는 감정을 바라보는 것만으로도 훌륭한 훈련이 되었다. 이를 지속하며 다음 단계로 '감정을 느끼고 표현하는 방법'에 대해서도 조금씩 느껴가며 배울 수 있었다. 인간에게 감정이 중요한 이유는 우리에게 무엇이 소중한지 알려주는 신호이기 때문이다. 결코 그냥 드는 감정은 없다. 따라서 감수성 훈련은 소프트 파워의 내용을 키우는 데 중요한 기반이 되는 훈련이자 연습이다. 어떠한 배움이든지 배움의 정도를 절대치로 표현하기는 어렵지만, 감수성 훈련만큼은 꼭 참가해 보기를 추천한다.

감수성 훈련을 할 때는 보통 그것과 관련된 독서와 병행하는데, 추천할 만한 책은 바로 『감수성 훈련』이라는 책이다. 이 책의 저자 유동수 씨는 30여 년간 감수성 훈련을 해온 깊은 내공의 소유자다.

이 책에서 역시 중요하게 다루는 부분 중 하나가 바로 '마음공부'에 대한 것이다. 이 책에서 말하는 마음공부란 무엇일까? 사전적인 의미로는 '정신적으로 수양을 쌓는 일'을 말하는데, 불교에서는 이러한 마음공부를 통해 삶을 근본적으로 변화시키고 인간 완성을 이룰 수 있다고 보았다. 이렇게 보니 마음공부의 정의가 다소 거창해 보이는데, 여기서는 감수성 훈련과 관련해서 일상에서 무겁지 않게 실천할 수 있는 마음공부에 대해 살펴보기로 하자.

나는 나이를 먹을수록 다양한 경험을 통해 나를 알아 가는 과정을 겪었다고 생각했다. 이를 통해 내가 좋아하는 일, 내가 하고 싶은 일, 나의 강점, 보완점 등을 발견했으며, 그 정도로도 괜찮은 성장 과정이라고 생각했다.

하지만 감수성 훈련이나 마음공부에 대해 알게 되면서 정작 중요한 '나의 마음'은 거의 모르고 살았다는 깊은 아쉬움이 밀려왔다. 정확하게 말하면, 나는 내 마음을 그냥 흘러가는 대로 두고 보았다고 볼 수 있다. 내 마음도 알아차리지 못하면서 그저 배려라는 허울로 상대방의 마음을 조금이라도 헤아려 보려고 흉내만 낸 듯하다. 돌이켜 보면 그냥 좋은 쪽으로 적당히 생각하며 방어적으로 살아왔음을 느꼈다. 나는 마음공부와 감수성 훈련을 통해 내가 가진 많은 착각을 알게 되었다. 자신에 대한 착각, 타인에 대한 착각, 타인이 나를 바라볼 때의 착각 등등 말이다.

마음공부와 감수성 훈련을 통해 진정한 나를 알아가기 위해 가장 먼저 해야 하는 노력은 바로 나를 직면하는 일이다. 이때 중요한 점은 '용기'다. 나 자신의 있는 그대로의 모습을 바라보는 것이 누구에게나 쉬운 일은 아니다. 어쩌면 그것은 회피하고 싶을 만큼 꽤나 고통스러운 일일 수도 있다. 그러나 반드시 선행되어야 하는 일이다. 그리고 '그때 거기'가 아니라 '지금 여기'를 생생하게 느끼는 연습이 필요하다. '지금 여기', 즉 현재에 느끼는 감정을 포착하고 표현하는 것은 자신의 감정을 부정하거나 저항하지 않고 있는 그대로 받아들이는 것이다.

두 번째로 해야 할 노력은 상대방을 있는 그대로 받아들이고 이해하는 일이다. 때때로 나는 상대방을 이해하기 위해 애쓰다가도 도무지 이해가 되지 않을 때는 자기합리화를 한다. 그런데 그럴 수밖에 없는 것이 다른 사람을 대하거나 이해하려 할 때 나만의 판단 기준이나 가치 기준에 근거하기 때문이 아닐까 하는 생각이 든다. 나만의 잣대를 상대에게 들이밀어 임의로 판단하려 하니 상대의 생각이나 마음을 어찌 헤아릴 수 있겠는가. 따라서 나만의 기준으로 상대를 재단하기 전에 서로의 생각과 감정을 충분하게 나누면서 소통하는 것이 무엇보다 중요하다.

감수성 훈련을 통해 내가 얻은 큰 수확 중 하나는 '사람에 대한 기본적인 신뢰'의 회복이었다. 상대에 대한 나의 마음, 즉 상대를 알아차리려는 마음을 되찾은 부분이 실로 감동적이었다. 개인적인 이야기를 하자면, 사실 사회 초년생 때 아버지가 돌아가신 이후로 내 마음을 잘 돌보지 못했다. 이는 관계적으로도 영향을 미쳤다. 그전에는 순수하게 사람을 좋아하고 믿었다. 예를 들면, 내가 아끼는 사람에게 자주 전화를 하고, 안부를 묻고, 일상을 나누었다. 사람들과의 관계를 통해 무엇을 얻기 위한 것이 아니었다. 그냥 그 행위만으로도 좋고 기뻤던 것이다. 그런데 아버지의 죽음 이후로 나는 마음의 문을 닫아 걸고 사람들과도 어느 정도 보이지 않는 선을 긋고 지냈던 것 같다. 누군가의 존재를 통해 위로나 기쁨을 느끼기보다는 실망하거나 상처받는 일에 더 예민해져 갔다. 사람 간의 신뢰나 순수한 관계보다는 'give and take'처럼 계산적인 관계에 익숙해져 갔다.

어느 정도 시간이 흐른 후에는 꾸준한 자아 성찰과 독서 그리고 경험을 통해 성숙하고 성장했다고 생각했는데 실상은 그렇지 않았던 것이다. 여전히 내 나름대로의 기준을 정해 놓고 선을 그어 놓고 사람을 대했다. 그게 나를 지키는 길이라고 잘못 생각하고 있었던 것이다.

『감수성 훈련』에서 유동수 저자는 현대사회의 우리는 내가 다른 사람의 기쁨을 순수하게 받아들이면 얼마든지 함께 기뻐할 수 있는데도 제대로 실감하지 못하고 살고 있으며, 다른 이들의 고통에 대해서도 몹시 무감각해져 있다고 안타까워한다.

나는 그의 말에 무척이나 공감하고 통감한다. 무감각은 뻣뻣함을 발한다고 본다. 지금 우리가 가고자 하는 방향인 유연한 소프트 파워를 향해 가야 한다.

감수성 훈련을 마치고 나는 과거의 나처럼 특별한 용건이 없어도 사람들에게 자주 전화를 한다. 이러한 일상이 기쁘고 즐겁다. 잃어버렸던 나를 다시 나를 되찾은 기분이다. 꽤 오랫동안 나는 필요할 때만 전화를 했다는 생각이 든다.

사람이 성장하거나 새로워진다는 것은 그렇게 쉬운 일이 아니다. 그것은 쓰고 있던 가면을 벗어 던지고 위험을 무릅쓴 채 자기 자신의 속마음을 표현함으로써 비난이나 수치를 당할 각오를 하고, 수없는 실패를 겪으면서 새로운 시도를 해나가는 것이다. 그렇더라도 그것은 충분히 시도할 만한 가치가 있다.

경청: 경청을 하는가,
나의 말할 순서를 기다리고 있는가

유독 나의 말을, 나의 이야기를 잘 들어 주는 사람이 있다. 대화만 해도 기분이 좋아지고 고민이 해소되는 것만 같다. 과연 그런 사람들의 비결은 무엇일까?

그런 사람들의 특징 중 단연 눈에 띄고 공통된 특징 중에 하나는 바로 상대의 이야기에 귀를 기울여 들어 준다는 것이다. 즉, 상대방의 이야기를 경청한다. 타인과 좋은 관계를 유지하기 위해서는 상대방의 감정을 이해하는 것이 중요한 포인트가 된다. 그러기 위해서는 상대와 끊임없이 대화하며 경청하는 태도를 유지해야 한다.

그런데 나는 과연 상대에게 그런 사람일까? 한 번쯤은 진지하게 자신을 돌아볼 일이다. 이렇듯 대화에 있어서 경청이 중요하다는 사실을 알면서도 선뜻 경청하지 못하고 자신이 말할 순서만을 기다리는 이유는 무엇일까? 그 안에는 우리 내면의 충동성이 자리하고 있다. 누군가에게 조언하고 싶고, 해결해 주고 싶고, 가르쳐 주고 싶고, 설명해 주고 싶어 하는 마음의 충동이 생긴다. 이러한 마음의 충동을 조금만 억누르고 진정한 경청을 위해 필요한 세 가지 실천사항을 들여다보자.

첫째, 끝까지 들어야 한다.

나는 상대의 이야기를 끝까지 듣는 것을 철칙으로 정하고 실천한다. '어떠한 일이 있어도 상대의 말이 끝나기 전에는 말하지 않는다. 상대의 말이 끝나면 말을 시작한다.'라는 생각으로 경청의 자세를 지킨다.

이것은 정말 경청의 기본이다. 누군가가 말하고 있을 때 말을 끊으면 상대방의 기분은 어떨까? 당연히 기분이 상할 것이다. 공감해 주고 이해해 주고 수용해 주기는커녕 존중받지 못한다는 기분까지 들 것이다. 우리 스스로는 모두 소중한 존재인데, 상대에게 존중받지 못한다고 느낀다면 당연히 마음의 상처를 입을 것이다. 때문에 상대의 말을 끝까지 듣는 것은 경청의 첫걸음이다.

둘째, 있는 그대로 들어야 한다.

경청을 실천하기 위한 지침은 매우 간단하다. 상대의 말에 대해 함부로 판단하지 않는 것이다. 그러나 우리 안의 '에고'는 판단하기를 좋아한다. 내가 가진 내용물과 구성물로 상대를 판단한다. 이렇게 상대를 자신의 잣대로 규정한 다음 나의 다음 말과 행동을 준비한다.

한번 생각해 보자. 판단하는 것은 누구를 위한 것인가? 이것은 나만을 위한 것이다. 경청은 누구를 위한 것인가? 그것은 상대를 위한 것이고, 나아가 나와 상대와의 연결을 위한 것이다. 따라서 판단하지 않고 상대의 말을 있는 그대로 듣는 자세가 중요하다.

셋째, 공감하며 들어야 한다.

사실 누군가와 대화할 때 상대의 말에 공감하는 것 역시 경청만큼이나 중요하다고 우리는 잘 알고 있지만 실제로 실천하기란 쉽지 않다. 상대의 말에 공감하는 데 있어서 가장 중요한 포인트는 바로 상대의 느낌과 욕구에 집중하는 것이다. 이 연습을 하면 상대가 자신의 느낌과 욕구를 말하게 될 때 주의를 기울이며 공감하는 능력을 키울 수 있다.

『비폭력 대화』라는 책에 소개된 다음의 사례를 살펴보자.

남편: 당신과 이야기해 봤자 무슨 소용이 있겠소? 당신은 내 말을 듣지 않는데…….

부인: 당신, 나 때문에 불행해요?

마셜: 부인께서 '나 때문에'라고 말하면, 남편의 느낌은 부인 때문에 생겼다는 뜻이 되죠. '당신은 나 때문에 불행해요?'라고 말하기보다 '당신은 ~(욕구)을 원하기 때문에 불만스러운가요?'라고 말하는 게 좋겠어요. 그러면 부인께서는 남편의 마음속에서 무엇이 일어나고 있는지에 더 주의를 집중할 수 있게 되고, 뿐만 아니라 부인께서 남편의 말을 자기 탓으로 받아들일 가능성도 적어지지요.

부인: 그런데 그걸 어떻게 말로 하지요? 당신은 불행한가요? 왜냐하면 당신은…… 왜냐하면 당신은…… 그다음은 뭐죠?

마셜: 남편이 한 말에 주의를 기울여 보세요. '당신과 이야기해 봤자 무슨 소용이 있겠소? 당신은 내 말을 듣지 않는데…….'라는 말에서 실마리를 얻으세요. 남편이 이렇게 말할 때, 남편이 원하지만 얻지 못하고 있는 것이 무엇인지 한번 생각해 보세요.

부인: (남편의 말에 표현된 욕구에 공감하려고 노력하면서) 당신은 내가 당신을

이해하지 못한다는 생각이 들어서 불만스러운가요?

마셜: 남편이 원하는 것보다 남편의 생각에 초점을 맞추고 있다는 사실에 유의하세요. 다른 사람이 당신에 대해 어떻게 생각하느냐보다는 대신 그가 무엇을 원하고 있느냐에 관심을 기울인다면 사람들이 덜 위협적으로 보일 겁니다. 당신이 남편의 말을 들어 주지 않아서 그가 불만을 느낀다고 생각하기보다 남편에게 '당신은 ～(욕구)을 원하지만, 그것을 얻지 못해서 불만을 느끼나요?'라고 말해 보세요. 그렇게 해서 남편의 욕구에 초점을 맞춰 보세요.

부인: (다시 시도하면서) 당신은 이해받기를 원하는데 그게 안 돼서 불만을 느끼나요?

마셜: 그게 제가 생각했던 것입니다. 남편의 말을 이렇게 들으니 뭔가 다르세요?

부인: 분명히 큰 차이가 있네요. 내가 무언가를 잘못했다는 소리로 들리지 않고, 그 대신 남편의 마음속에서 무슨 일이 일어나고 있는지를 알 수 있네요.

공감하며 들을 때 한 가지 더 중요한 것은 '공감을 지속하기'다. '공감을 지속하라'는 것은 무슨 말일까? 마셜 B. 로젠버그 박사는 이것이 상대에게 충분히 자신을 표현할 기회를 주는 것이라고 말한다. 상대방의 느낌과 욕구가 우리의 진정한 관심이라는 점을 전달하기 위해서 충분히 시간을 갖고 들어 주라는 것이다.

다시 말해 상대의 느낌과 욕구에 집중하고 충분히 머물러 있으라는 뜻이다. 예를 들면, "너의 입장에서는 그럴 수도 있겠네."라고 반응할 수도 있다. 공감을 지속하는 과정에서 상대는 자신이 원하는 것을 더 편안하게 표현할 수 있다.

마셜 B. 로젠버그 박사는 다른 사람의 이야기에 공감하는 능력은 이미 우리 내면에 충분히 잠재해 있는 능력이라고 말한다. 그것을 일깨우는 것은 우리 각자의 몫이다.

"우리가 공감으로 다른 사람의 말을 들어 주기 위해서 심리이론이나 심리치료를 위한 특별한 훈련이 필요한 것은 아니다. 가장 중요한 것은 상대방의 마음속에서 실제로 일어나는 것에 함께 있어 줄 수 있는 능력이다."

_ 마셜 B. 로젠버그

감수성 훈련의 대가 유동수 씨의 일침 역시 우리의 경청 자세를 뒤돌아보게 한다.

"많은 사람들이 자기주장이나 생각을 상대에게 일방적으로 강요해서 그의 생각이나 행동을 바꾸려 한다. 이 때문에 겉으로는 상대의 이야기를 듣고 있는 것 같아도 실제 마음속으로는 '어떻게 하면 멋있게 반박할 수 있을까?' 하고 궁리하고 있는 것이다."

_ 『감수성 훈련』(유동수)

그리고 인본주의 상담의 창시자 칼 로저스의 '공감의 효과'에 대한 묘사는 우리가 공감의 힘을 믿고 계속해서 소프트 파워를 발휘할 수 있게끔 힘을 북돋운다.

"어떤 사람이 나를 판단하지 않고, 나를 책임지려 하거나 나에게 영향을 미치려 하지 않으면서…… 내 말에 진지하게 귀 기울여 들어 줄 때는 정말 기분이 좋다…… 누군가 내 이야기를 듣고 나를 이해해 주면, 나는 새로운 눈으로 세상을 다시 보게 되어 앞으로 나아갈 수 있다. 누군가가 진정으로 들어 주면 암담해 보이던 일도 해결 방법을 찾을 수 있다는 것은 정말 놀라운 일이다. 해결의 실마리가 보이지 않던 일도 누군가가 잘 들어 주면 마치 맑은 시냇물이 흐르듯 풀리곤 한다.”

_ 칼 로저스

위에서 말한 경청을 위한 세 가지 실천사항은 적극적 경청을 위한 노력이다. 한 걸음 더 나아가서 '맥락적 경청'까지 간다면 더 높은 수준의 경청을 소프트 파워로 발휘할 수 있다. 물론 적극적 경청만으로도 충분하고 훌륭하다. 또한 쉽지 않다. 맥락적 경청은 조금 더 높은 수준의 목표로 설정하고 참고해 보기를 바란다.

맥락적 경청은 상대의 감정, 의도, 욕구까지 바라볼 수 있는 힘을 말한다. 정말 상대를 소중한 존재(Being)로 바라보며 그 사람이 어떤 감정을 느끼는지, 어떤 의도였을지, 어떤 욕구가 들었을지 함께 느끼며 듣는 것을 말한다. 주의할 점은 이러한 감정, 의도, 욕구를 맞춰야만 하는 과제처럼 받아들이지 않는 자세다. 단순히 맥락적 경청을 내용만으로 받아들인다면 이와 같은 부작용이 나타날 수 있다. 또한 쉽지 않은 높은 수준의 내용이기 때문에 적극적 경청부터 일상에서 노력해 나가는 것이 더 중요하다.

우리의 삶에서 바라보고 키워나갈 수 있는 소프트 파워와 관련된 다양한 요소들에 대해 알아보고 있다. 과거에도 그러했고, 미래에도, 또 지금 여기 오늘을 살면서도 일상 가운데 우리의 내면에서 발휘되는 다양한 소프트 파워들. 우리의 삶은 계속해서 이어질 것이며, 끊임없는 반응과 행동, 선택을 이어 갈 것이다.

표현: 말하지 않으면 몰라요

우리의 일상은 다양한 관계의 연속으로 채워진다. 그리고 다양한 상황이나 상대방에게 나의 욕구나 감정, 바람들을 표현하게 된다. 그런데 우리는 과연 매 순간 자신의 진정한 욕구나 감정들을 얼마나 솔직히 표현하면서 살고 있을까? 다음의 질문에 대해 한번 스스로에게 답해 보자.

'나는 얼마나 내가 진정으로 원하는 것을 표현하며 살았는가?'

자, 이 질문에 대한 당신의 답은 어떠한가? 대부분의 상황에서 그렇다고 답했다면, 당신은 자신의 욕구나 바람에 대해 잘 이해하고 그것을 건강한 방식으로 효과적으로 표현하며 살아왔을 가능성이 높다. 그러나 대부분 그렇지 못했다고 답했다면 당신이 진정으로 원하는 것이 무엇인지 제대로 알지 못하거나 혹은 누군가의 시선을 너무 많이 의식했다는 의미일 수도 있다.

많은 사람들이 이 질문에 다음과 같이 자기합리화를 하며 저항할 것이다.

'그걸 어떻게 다 표현하고 살아?'
'내가 하고 싶은 것만 하면서 살 수는 없잖아.'

이때 질문을 다음과 같이 바꾸어 보는 것은 어떨까?

'어떻게 하는 것이 내가 진정으로 원하는 것을 표현하는 지혜로운 방법일까?'

자신이 원하는 것을 표현하는 방식과 방법은 매우 중요하다. 다시 말해 누군가에게 의견을 전달하는 방법에 따라 우리는 원하는 것을 충분히 얻을 수 있다. 여기서 '충분히'라는 말의 의미는 여러 가지를 포함한다. 상대의 기분을 상하지 않게 하면서, 누군가의 눈치를 보지 않으며, 내가 맡은 역할을 소화하면서 같은 조건 등을 포함한다.

평소에 우리가 보통 사용하는 방법은 '내가 이렇게 내 마음을 표현하면 상대가 나를 이렇게 판단하겠지?' 하는 자기방어를 바탕으로 한다. 혹은 '상대가 이럴 것이다.'라며 내 기준으로 상황이나 상대를 쉽게 판단해 버린다.

『비폭력 대화』에서는 진정으로 원하는 것을 지혜롭게 표현하는 방법으로 다음의 네 가지 방법을 추천하고 있다.

1. 관찰

어떠한 상황에서 실제로 일어나고 있는 것을 있는 그대로 관찰한다. 내가 좋아하느냐 싫어하느냐를 떠나, 판단이나 평가를 내리지 않으면서 관찰하는 바를 명확하고 구체적으로 말한다.

2. 느낌

어떻게 느끼는가를 말한다. 가슴이 아프다거나, 두렵다거나, 기쁘고, 즐겁고 또는 짜증스럽다와 같은 느낌을 솔직하게 표현한다.

3. 욕구

자신이 알아차린 느낌이 내면의 어떠한 욕구와 연결되는지 말한다.

4. 부탁

자신의 삶을 더 풍요롭게 하기 위해서 다른 사람이 해 주기를 바라는 것을 표현한다.

이 네 가지의 단계를 안다고 해서 바로 진정으로 원하는 것을 표현하기가 수월해지는 것은 아니다. 자칫 잘못 표현하면 상대의 행동을 바꾸려는 듯이 보이거나 자신이 하고 싶은 대로만 하는 것처럼 보일 수도 있다. 그럴 경우 상대는 저항할 것이다.

그러나 표현하지 않으면 상대는 모른다. 어떠한 갈등이나 다툼 상황에서 내가 원하는 것은 표현하지 않은 채 그저 상대가 자신의 마음을 알아서 알아줬으면 하는 마음은 욕심이다. 왜냐하면 우리는 모두가 다르기 때문이다.

자신의 바람이나 욕구를 억누른 채 나중에 가서야 "나는 그때 이래서 그랬다."라고 후회하지 않으려면 그때그때 자신이 원하는 것을 말하는 것이 현명하다. 물론 그 방법은 관계를 통해서, 삶을 통해서 계속해서 연마해 나가야 한다.

나의 바람이나 욕구 등을 표현할 때는 솔직함과 진정성이 필요하다. 내 안에서 일어나는 갈등을 통해 내가 진정으로 원하는 것을 알아차렸다면 솔직하게 용기를 내야 한다. 역할에 대한 갈등이나 책임감으로 인해 고민이 된다면 계속해서 자신에게 질문을 던져보자. 분명 지혜로운 방법으로 자신의 의견을 전달하고 해결할 수 있는 방법이 자신에게서 나올 것이다. 도저히 지혜로운 방법이 떠오르지 않는다면, 그 과정에서 자신과 마주하는 연습을 더 많이 해야 한다. 우리는 분명히 무한한 가능성을 갖고 있으며 반드시 지혜를 발견할 것이다.

『비폭력대화』의 저자인 마셜 B. 로젠버그는 다음과 같이 말한다.

"사람들이 상대방을 탓하기보다 자신들이 원하는 것을 말하기 시작하는 순간부터 서로의 욕구를 충족할 수 있는 방법을 찾을 가능성이 훨씬 커진다."

우리가 원하는 것은 갈등도 아니고, 다툼도 아니다. 우리는 상대방과의 진정한 연결을 원한다. 누군가와 가까워지고 싶고, 함께 더 공유하고 싶고, 즐거운 시간을 보내고 싶어 한다. 중요한 것은 관계를 풀어 나가는 방법을 '아는 것'이다. 그리고 '실천하는 것'이다.

우리는 나름대로 상대를 헤아린다고 생각하지만 그렇지 못할 때가 많다. 그러나 우리는 나와 상대를 헤아리고 상대를 배려하면 할수록 상대와 더 잘 연결될 수 있다. 이것이 말처럼 쉽지만은 않지만, 우리의 삶 속에서 계속해서 주의를 기울이고 훈련할수록 인생의 나이를 먹어 가는 것만큼 깊이가 더해질 것이다.

심리학자 아들러가 말한 것처럼 이러한 인간 이해, 즉 '나'를 알고 '너'를 아는 것, 인간의 본성을 이해하는 것은 책만을 통해서 얻을 수 있는 것이 아니다. 사람들과의 교류를 통해, 인간관계를 통해서 배워야 그 깊이가 깊어진다. 물론 반대로 오로지 자신만을 위한다면 그 깊이는 영원히 깊어지지 않을 것이다.

반응: 나는 어떻게 반응하는가

『미움받을 용기』 1편을 흥미롭게 읽었던 나는 2편인 『미움받을 용기 2』 역시 단숨에 읽어 나갔다. 등장인물인 청년은 1편과 마찬가지로 호기롭게 철학자와 대화를 나누며 깨달음의 시간을 이어갔다. 이 책이 나의 관심을 끈 것은 관계에 있어 나름의 해석을 재미있게 풀어냈기 때문이다. 1편에서는 말한다. 우리의 모든 고민과 괴로움은 '인간관계'로부터 온다고. 그리고 2편에서는 말한다. 우리의 모든 행복 역시 '인간관계'로부터 온다고 말이다.

관계란 무엇일까? 우리는 사회적 존재로서 누군가와 필연적으로 관계를 맺고 살아간다. 그리고 다른 사람과의 관계에서 발생하는 일들은 대화에서 주요한 소재가 된다. 이때 즐겁고 행복한 경험이 소재가 되면 좋겠지만 더러 우리는 관계로부터의 고충을 이야기한다.

여러 사람이 모인 곳에서 의도치 않게 다른 사람들의 대화를 듣게 되는 경우가 있다. 누군가의 언성이 높아지거나 격양된 목소리가 들려온다. 대부분의 경우에 사람들은 갈등 상황에서 서로 간의 대화로 풀어낸다. 그러나 어떤 이들은 서로의 감정이 격해지면서 더 큰 갈등 상황으로 치닫곤 한다.

이처럼 사람들과의 관계에서 혹은 대화 중에 우리는 늘 반응한다. 때로는 무관심한 태도를 보이는 경우도 있는데, 이 역시 반응의 한 형태다. 누군가에 대해 우리가 이미 취하고 있는 자세나 태도 그리고 반응은 어떠한 모습일까? 이러한 질문에 쉽게 답변할 수는 없을 것이다. 왜냐하면 우리가 마주하는 상황이나 상대는 시시때때로 변화하기 때문이다. 이에 따라 우리의 반응은 항상 변화할 수밖에 없다. 그러나 다른 사람들과는 다른 당신 고유의 반응 특성이 존재할 수도 있으며, 자신의 반응 양식에 대해 지각하고 이해하는 것이 필요하다. 그래야 자신의 반응을 조절할 수 있다.

가장 먼저 살펴볼 반응이 있는 그대로 보고 반응하는 것의 '반대' 현상이다. 이를 어떻게 표현해야 할까? 『나는 왜 저 인간이 싫을까』에서는 이에 관해 '인간 알레르기'라고 표현하고 있다. 인간 알레르기란 인간이 인간을 과도한 이물질로 인식하고 심리적으로 거부 반응을 보이는 현상이라고 설명한다. 앞서 살펴봤던 '꼬리표'의 개념과 유사하다고 볼 수 있는데, 인간 알레르기는 꼬리표를 떼지 않고 누적의 시간으로 상대에 대한 느낌이 신뢰의 마이너스 방향을 한참 간 상태라고 할 수 있다.

다시 말해 어떠한 인물에게 알레르기가 일어나기 시작하면 거부 반응이 더욱 관계를 어렵게 만들고, 그 결과 알레르기 증세가 더욱 강력해진다는 것이다. 사소했던 위화감이 마침내 격렬한 혐오감이나 증오가 담긴 공격으로 증폭되기도 하며, 이 과정을 뒤집는 것은 결코 쉽지 않다고 저자 오카다 다카시는 말한다. 특히 경계해야 할 점은 불필요한 것까지 이물질로 인식해서 나타나는 현상이다. 즉, 특정 인물에 대해 인간 알레르기를 일으킬 수도 있지만, 이보다 더 큰 문제는 이러한 문제가 반복되어 자기방어의 형태로 다른 사람들에게까지 알레르기를 일으키는 것이다.

우리는 때때로 경험에 의해 자기방어를 단단하게 하기도 한다. 이를 조심해야 한다. 자기만의 생각에 사로잡혀 자기합리화를 하면서 벽을 쌓기 때문이다. 인간 알레르기의 형태로 이러한 부정적인 과정이 반복된다면 결국 타인을 해석하는 방법에 문제가 생긴다.

우리는 경험을 통해 알게 된다. 세상의 이치를 스스로 깨달을 때 우리는 변화하기 시작한다. 그런데 그 변화가 부정적인 자기방어의 형태를 보일 때가 있다. 그 당시에는 그것이 자신을 지키는 방법이라고 생각한다. 하지만 시간이 지나서 제대로 된 자기 성찰의 과정에서 비로소 알게 된다. 그것은 자신을 지키는 방법이 아닌 자신을 고립시키는, 풍요로부터 멀어지게 하는 방법이었다는 것을 말이다. 오카다 다카시 역시 책에서 이 부분에 대해 언급하고 있다.

> "인간관계는 상호적인 것이다. 내가 누군가를 외면하면, 그도 어느새 그 마음을 알아채고 나를 외면하고 만다. 호감이나 관심을 갖고 있던 사람도 경계심을 드러내며 찌푸린 얼굴로 일관하면 다가오는 것을 포기한 채 떠날 것이다."

_『나는 왜 저 인간이 싫을까』 (오카다 다카시)

상대 역시 내 마음을 알아채는 것은 무엇 때문에 가능할까? 직접적으로 표현하는 경우도 있지만, 그렇지 않아도 드러나는 '감정'이 있기 때문이다. 우리의 대표적인 반응 형태는 감정에 의해 드러난다. 우리가 누군가에게 어떻게 반응하는지에 대해 알기 위한 중요한 요소다. 감정에 대해 더 알아보자.

감정을 알아보자고 했는데 이게 무슨 말일까? 사실 우리는 감정이라는 것을 실제로 느끼고 있다. 그리고 그것이 무엇인지는 안다. 그러나 시시때때로 변하는 자신의 감정을 인지거나 통제하기란 쉽지 않다. 여기서 핵심은 자신의 감정을 읽을 수 있어야 감정을 조절할 수도 있다는 점이다.

긍정적인 감정이 들 때는 기분이 좋고 희망적이고 건설적인 생각을 이어 간다. 하지만 부정적인 감정이 들면 우리는 그것을 있는 그대로 마주하기보다는 회피하려고 한다. 그러나 이러한 부정적인 감정을 억누르거나 회피하는 것이 오히려 우리를 함정에 빠트리며 관계에 있어서 악영향을 미치게 된다.

『감정을 다스리는 사람, 감정에 휘말리는 사람』의 저자 함규정 박사는 책에서 감정을 조절하는 것의 중요성을 강조한다. 누구를 만나는지가 문제가 아니라 상대에 대한 감정을 어떻게 조절하느냐가 중요하다고 말한다. 인간관계에 있어서 문제 해결의 열쇠 역시 내 안에 있다고 강조한다. 사람들과의 관계에서 감정은 매우 중요한 역할을 한다. 이때 감정은 분명 내 것인데, 잘못하면 내가 자신의 감정에 붙잡혀 휘둘릴 수 있다고 주의를 준다.

> "화를 내면 상대를 움직일 수 있을까? 화를 내서 상대
> 방의 행동을 고치는 것은 불가능하다. 감정이 섞이면 상
> 대방 역시 감정적으로 대응하게 되고, 화를 내는 상황이
> 반복되면 내성이 생겨 상대방이 작은 자극에는 반응하
> 지 않는 상태가 된다. 화를 내는 것보다 강력한 방법이
> 있다. 반드시 지켜야 할 규칙과 약속을 함께 정하라. 부
> 드럽지만 강력하게 상대방을 컨트롤할 수 있다."

_『감정을 다스리는 사람, 감정에 휘말리는 사람』 (함규정)

결국 그냥 참으라는 말인가? 그렇지 않다. 함규정 박사는 우
리를 가장 화나게 하는 사람 앞에서 감정을 제대로 조절할 수
있다면 우리는 이미 '감정의 고수'가 된 것이라고 말한다. 그 사
람 앞에서 여전히 핏대를 세운다면, 우리는 더 훈련해야 한다.

핵심은 감정이 일어나는 순간에 있다. 그 순간을 바라보고
알아채는 연습을 꾸준히 반복해서 하도록 하자. 그래야 우리는
반응을 선택할 수 있고, 감정을 조절할 수 있다. 즉, 우리가 누
군가에게 어떻게 반응하느냐의 본질은 내가 어떠한 선택을 스

스로 하는가의 문제다. 그 과정에서 우리는 인간관계로부터 고민과 괴로움을 얻을 것인가, 아니면 기쁨과 행복을 느낄 것인가를 스스로 결정할 수 있다.

말하기: 무엇을 말하고, 무엇을 말하지 않을 것인가

"말을 현명하게 선택하라. 왜냐하면 행복, 관계 그리고 자신의 풍요로움에 영향을 미칠 테니까."

_ 앤드류 B. 뉴버그

    사람에게 말하기는 중요하다. 말로 대화하고 소통하고 연결된다. 말하지 않아도 느껴지는 것이 있을 수 있지만, 기본적으로 사람들 간의 연결 수단은 말하기다. 누군가의 한마디 말 덕분에 살아갈 힘을 내기도 하지만, 또 다른 누군가의 아픈 말 한마디에 큰 상처를 입고 삶의 나락으로 떨어지기도 한다. 그만큼 우리의 삶과 인간관계에서 말은 크나큰 영향력을 발휘한다.

『언어의 온도』의 이기주 작가는 말하기에 대해 이렇게 표현했다.

> "우린 늘 무엇을 말하느냐에 정신이 팔린 채 살아간다. 하지만 어떤 말을 하느냐보다 어떻게 말하느냐가 중요하고, 어떻게 말하느냐보다 때론 어떤 말을 하지 않느냐가 더 중요한 법이다. 입을 닫는 법을 배우지 않고서는 잘 말할 수 없을지도 모른다. 그래서 가끔은 내 언어의 총량에 관해 고민한다. 다언이 실언으로 가는 지름길이 될 수 있다는 사실을 망각하지 않으려 한다."
>
> _ 『언어의 온도』 (이기주)

그의 말처럼 무엇을 말하느냐보다 때론 어떤 말을 하지 않느냐가 더 중요하다고 생각한다. 언어의 온도란 언어의 조절까지도 포함하는 것이 아닐까.

우리는 하루에 수없이 많은 생각을 하고 생각의 일부를 말로 표현한다. 텍사스 대학교 심리학과 교수인 제임스 W. 페니베이커에 따르면, 우리는 하루에 16,000개의 단어를 사용한다고 한다. 여기에는 말과 글이 모두 포함되어 있다. 자신의 일상에서 말과 글의 비율을 따져본다면 하루에 어느 정도 말하는지 가늠할 수 있다. 물론 성격이나 성향에 따라 차이가 있을 수는 있지만, 그만큼 말은 인간관계에 영향을 미치는 요소이기 때문에, 말에 대한 관점을 살펴보고 재정립해 보는 것이 중요하다.

누군가를 판단하는 말

누군가를 판단하는 것은 우리의 일상에서 흔히 보일 수 있는 태도다. '내가 스스로 판단하는데 그것이 왜 문제가 되지?', '나는 내 방식대로 판단할 거야. 피해만 주지 않으면 되잖아?'라는 생각이 자동적으로 떠오를 수 있다.

판단이란 무엇일까? 논리학에서 '판단'이란 '어떤 대상에 대하여 무슨 일인가를 단정하려는 인간의 사유 작용'이라고 정의한다. 이는 주어와 술어의 형태로 구성되어 있다. 주어와 술어는 양자관계를 나타낸다. 따라서 판단하는 대상이 사람이 된다면 우리의 인간관계에 영향을 미칠 수밖에 없다.

우선 우리가 살펴볼 판단의 범위에서 일부 비즈니스 자체 영역은 제외할 것이다. 판단이 반드시 필요한 비즈니스 영역도 있기 때문이다. 논리적인 접근으로 판단을 통해 사업에 대한 의사결정을 하고, 수익 창출을 위한 방향 설정을 할 수 있다. 판단이 반드시 필요한 비즈니스 영역을 제외하고 인간관계의 측면에서 판단에 대해 살펴보고자 한다.

우리는 살아가면서 누군가와의 관계에서 많은 판단의 상황에 놓인다. 이 과정이 순간이면 다음에 할 말이나 행동을 위한 선택이고, 나의 선택으로 인해 이어질 상황에 대한 고려의 시간이 있다면 의사결정으로 연결된다.

여기에서는 의사결정 단계의 전 단계인 인간관계에서 다음에 할 말이나 행동을 위한 선택으로서의 판단에 대해 생각해 보자. 우리는 누군가와 대화하면서 상대방을 판단하는 오류에 자주 빠진다. 사람을 판단하는 오류에 빠지면 스스로는 내가 만든 상자 안에 들어가게 된다. 그리고 그 상자 안의 공간에서 보이는 대로만 상대를 바라보기 시작한다. 그런데 그 판단의 기준은 어디에서 온 것인가? 바로 내 경험에 의해 내가 만든 것이다. 따라서 그것은 절대 기준이 될 수 없다. 자신이 들어앉은 그 상자는 그저 스스로를 보호해 주는 상자라고 우리는 믿지만 실제로는 상대와의 연결을 막는 단단한 벽이 된다.

『비폭력 대화』의 저자 마셜 B. 로젠버그 박사는 판단에는 도덕주의적 판단과 가치판단이 있다고 말한다. 그는 특히 이 둘을 구분하는 것이 중요하다고 강조한다. 도적주의적 판단은 자신의 가치관과 맞지 않는 다른 사람의 행동을 나쁘다거나 틀렸다고 하는 것이다.

"당신은 너무 이기적이군요."
"그 사람은 게을러요."
"그건 말도 안 돼요."

앞의 예는 보통 사람들 간의 관계에서 범할 수 있는 도덕주의적 판단의 사례다. 그렇다면 이러한 판단이 왜 오류이고 우물이 될까? 로젠버그 박사는 판단의 세계에서 우리가 잘하고 못하고를 따지고, 잘못의 성질을 분석하는 데 관심을 쏟는 것이 문제라고 지적한다. 우리는 잘못의 성질보다는 나와 상대가 무엇을 원하는지를 봐야 한다. 이 점이 중요하다.

연인의 말다툼을 예로 들어보자. 여자 친구는 어제의 문제로 남자 친구와 대화하기를 원한다. 여자 친구의 속마음은 남자 친구와 다시 연결되고 싶은 마음이다. 그런데 남자 친구는 어제의 문제에 대해 옳고 그름만을 이야기한다. 이는 우리의 소중한 삶을 풍요로부터 멀어지게 만드는 방법이다. 우리는 판단의 세계에서 벗어나야 한다.

로젠버그 박사는 다른 사람에 대한 분석은 실제로는 자기 자신의 욕구와 가치관의 표현이라고 이야기한다. 이 말에서 우리가 취해야 할 것은 우리가 자신도 모르게 판단의 세계에 빠져 누군가를 분석하고 있다면, 그때의 자신의 욕구를 바라볼 줄 알아야 한다는 점이다. 사실 이를 실천하기란 쉽지 않다. 그렇더라도 계속해서 자신의 욕구를 바라보는 연습을 하고, 스스로 판단의 세계에 잠겨 있다는 사실을 자각하려고 노력해야 한다. 그러고 나서 판단의 세계에서 곧바로 빠져나야 한다. 그래야 상대에 대한 판단을 멈추고 있는 그대로 상대방을 바라볼 수 있다. 그러지 못하고 자신의 내 멋대로 판단하는 말을 내뱉으면 비극적인 상황이 벌어진다. 로젠버그 박사는 이를 다음과 같이 표현했다.

"다른 사람들을 판단하거나 분석하는 것은 우리 자신의 가치관과 욕구의 비극적인 표현이라고 나는 믿는다. 이것이 비극적인 이유는 이런 식으로 자신의 가치관과 욕구를 표현하면, 우리가 걱정하는 행동을 하는 바로 그 사람들이 우리에게 거부감을 가져 방어와 저항을 하기 때문이다. 또 그들이 잘못되었다는 내 분석에 동의하고 나의 가치관에 따라 행동을 할지라도, 대개 그것은 두려움과 죄책감 혹은 수치심에서 나온 행동일 것이다."

_ 『비폭력 대화』(마셜 B. 로젠버그)

이 말은 우리가 누군가를 판단하는 말을 하면 상대는 우선적으로 저항하고, 내 판단에 잠시 동의하는 모습을 보일 수도 있겠지만, 사실은 그렇지가 않다는 것이다.

조직상황의 예를 들어보면, 회사에서 상사가 나를 판단하는 말을 했을 때 우리가 그냥 "네, 알겠습니다."라고 말하고 아무 말도 하고 싶지 않을 때와 같다. 순간의 두려움, 죄책감, 수치심에서 다른 사람의 기준에 따라 행동하면 사람들은 자신에 대해 화가 나고 자존심에 상처를 입게 된다. 이러한 도덕주의적 판단을 하지 않는 태도가 인간관계에서 상대방에게 상처를 주지 않고 마음을 열도록 하는 한 가지 방법이다.

로젠버그 박사가 말한 판단의 두 번째 유형은 가치판단이다. 가치판단이란 삶에서 각자가 소중히 여기는 것들에 대하여 판단하는 것을 말한다. 즉, 우리가 가지고 있는 가치관에 따른 판단인데, 가치판단은 우리가 살아가는 데 있어서 무엇이 우리의 욕구를 충족시키는 가장 바람직한 방법이라고 믿는지 보여 준다. 이는 실제로 우리가 살아가는 데 있어서 중요한 역할을 한다.

올바른 가치관을 명확하게 확립하는 것은 분명 중요하고 반드시 필요하다. 여기에서 핵심은 도덕주의적 판단과 가치판단을 혼동하지 않는 것이다. 다시 말해 우리가 가지고 있는 가치관에 의해 우리가 어떤 대상을 판단할 자유는 있지만, 이 자유를 빌미로 상대를 도덕주의적으로 판단해서는 안 된다는 말이다. 가치판단은 우리가 어떤 선택을 하는 데 있어 중요한 기준이 될 수 있다. 그러나 이를 바탕으로 누군가를 도덕주의적으로 판단하면 그것은 보편적인 기준에 의한 것이 아니므로 상대를 있는 그대로 보지 못하는 오류를 범하게 된다.

정신과 전문의이자 『스스로 살아가는 힘』의 저자인 문요한 씨는 이를 '가치적 자율성'이라고 표현했다. 그는 내가 갖고 있는 가치관이나 사고, 나의 판단이 나의 것인가를 비판적 사고를 통해 재정립해서 가치적 자율성을 획득하라고 강조한다. 아무런 비판 없이 획득한 것이라면 자신의 것이 아니며, 자신의 가치관, 신념들에 대해서 반드시 사실이 아닐 수도 있음을 항상 견지하라고 강조한다.

따라서 우리는 가치적 자율성으로 나의 생각을 비판적으로 볼 줄 알고, 누군가를 함부로 판단하는 말을 하지 않아야 한다. 가치적 자율성이 건강한 사람이라면, 가치판단과 도덕주의적 판단을 적절히 구분할 줄 알고 도덕주의적 판단을 하지 않을 것이다.

즉, 가치적 자율성으로 나의 생각을 비판적으로 볼 줄 알고, 누군가를 함부로 판단하는 말을 하지 않는 것, 이를 통해 우리는 지혜로운 선택으로 삶을 풍요롭게 이어 갈 수 있다. 물론 한 번에 그렇게 되기는 매우 어렵다. 우리의 삶에서 순간순간 노력하며 실천하는 자세가 또한 그 출발점일 것이다.

꼰대처럼 말하지 않는 법

사람 사이의 관계에서 우리는 서로 연결되고 싶어 한다. 사실 본심은 그렇지 않은데 서툰 방법으로 인해 서로의 의도를 오해하기도 한다. 우리는 속마음을 표현했다가는 잘못된 행동으로 혹은 예의 없는 사람으로 평가받을 것만 같아 선뜻 행동으로 옮기지 못한다. 살면서 누구나 한 번쯤 이러한 경험을 해 봤을 것이다. 직장생활에서의 예를 들어 살펴보자.

A는 30대 중반으로 작은 조직의 리더다. 조직 구성원은 다섯 명이다. 구성원 대부분은 20대 초반으로 A와는 열 살 이상 나이 차가 난다. A는 직원들과 소통하기 위해 노력하는 과정에

서 새롭게 알게 된 부분이 많다.

그중에 하나는 우리가 보통의 인간관계에서 느끼는 저항에 대한 것이다. 우리는 스스로가 저항하는 것을 깨닫지 못한 채 상대의 저항을 유도하는 방법으로 상대를 대하기도 한다. A는 구성원들보다 열 살 이상 나이가 많기 때문에 사실 보고 싶지 않아도 보이는 것이 많을 것이다. 예를 들어, '구성원들이 이렇게 행동하면 어떤 시행착오를 겪을 가능성이 크다.', 혹은 '구성원들은 마치 내가 모를 것처럼 행동하는데 사실 나는 다 보인다.'와 같은 것들이다.

여기에서 말하는 것들은 업무적인 사항에 관한 것이 아니다. 사람에 대한 것이고, 우리 인생에 관한 것이다. 물리적인 시간으로 구성원들보다 훨씬 더 많은 경험을 한 A는 자신이 경험한 범위 안에서 보려고 하는 경향이 있다. 따라서 자신의 조언이 구성원들에게 도움이 될 것으로 생각하고 조언하지만, 상대는 저항한다. 즉, 긍정 의도를 가지고 말하지만, 상대는 쉽게 받아들이지 않는다. 왜 그럴까?

상대가 A의 조언을 판단의 말로 듣기 때문이다. 인간은 상대가 자신에 대해 판단한다고 느끼면 상대의 말에 저항한다. 어떠한 근거나 논리가 없이 자신이 '판단된 것'이라고 생각하기 때문에 상대의 이야기에 수긍하지 않는다. A가 본인의 입장에서 구성원들에게 긍정적인 의도로 조언을 한다고 해도 구성원들은 제대로 듣지 않는다. 겉으로는 듣는 척할 수도 있지만, 실제로는 받아들이지 않는 것이다. A의 긍정 의도라도 봐주면 좋겠지만 그 또한 기대하기 어렵다. A가 그동안 살아온 경험만으로 20대 초반의 구성원에게 자신의 생각을 강요하는 모양새가 될 수도 있다.

상황을 좀 더 확대해 보자. 40대 중반의 B가 있다. B는 A와 열 살 정도 나이 차가 난다. B는 A를 보며 자신의 30대를 돌아본다. 그리고 자신의 누적된 경험이 머릿속에 스친다. A의 어떤 모습들, 행동들을 보며 B는 A에게 조언을 해주고 싶다. 사실 A를 아끼는 마음에서 B는 A에게 조언한다. 그러나 A는 저항한다.

물론 B는 A가 더 잘되기를 바라는 마음일 것이다. 그러나 그 조언은 B의 경험에 비춘 일방적인 조언이 될 수 있다. A는 현재 자신의 삶에 만족하며 열심히 살고 있다. 삶에 도움이 되는 조언을 받아들여 더 나은 삶으로 나아갈 수도 있다.

A의 상태도 좋고 조언을 받아들인다면 누가 보기에도 괜찮을 것 같지만, A는 조언에 저항한다. 왜냐하면 A는 B의 조언이 B의 경험에 비춘 A에 대한 '판단'으로 느껴지기 때문이다. 그러한 판단 전에 자신을 있는 그대로 봐주었으면 좋겠다는 마음이

든다. 이는 A의 조직 구성원들이 느낀 감정과 같다. 서로의 마음속에서 우러나오는 이 긍정은 서로 연결되고 싶은 마음일 것이다. 그런데 이렇게 서툰 방법은 서로 간의 소통을 방해하고 풍요로운 삶으로부터 우리를 멀어지게 한다.

C가 있다. C는 50대 중반으로 A보다 그리고 B보다도 나이가 많으며 연륜이 느껴진다. C는 여유가 있다. C는 나이상으로도 그렇고 누군가에게 조언할 만큼 많은 경험을 가지고 있다. 만약 A가 조직 구성원에게 그러한 것처럼 혹은 B가 A에게 말한 것과 같은 방법으로 C가 조언한다면 어떻게 될까? 마찬가지로 상대는 저항할 것이다. 나이 차가 더 많이 날수록 젊은 사람은 나이가 든 사람을 늙은이의 은어인 '꼰대'로 바라볼 것이다.

한때 조회 수가 많았던 인터넷 기사 중에 '자신이 꼰대인지 알아보는 체크 리스트'가 있었다. 당신의 '꼰대' 점수는 얼마나 되는지 한번 체크해 보기를 바란다.

〈꼰대 체크 리스트〉
1. 사람을 만나면 나이부터 확인하고, 나보다 어린 사람에게는 반말을 한다.

2. 대체로 명령문을 사용한다.

3. 요즘 젊은이들이 노력은 하지 않고 세상 탓, 불평불만만 하는 것은 사실이다.

4. "OO란 OOO인 거야."라는 식의 진리 명제를 자주 구사한다.

5. 버스나 지하철의 노약자석에 앉아 있는 젊은이에게 "비켜라."라고 말하고 싶은 충동이 인다.

6. 후배의 장점이나 업적을 보면 자동 반사적으로 그의 단점과 약점을 찾게 된다.

7. "내가 너만 했을 때"라는 이야기를 자주 한다.

8. 나보다 늦게 출근하는 후배가 거슬린다.

9. 고위공직자나 대기업 간부, 유명 연예인 등과의 개인적인 인연을 자꾸 이야기하게 된다.

10. 회식 자리에서 삼겹살을 굽지 않아 기어이 나를 움직이게 만드는 후배가 불쾌하다.

11. 낯선 방식으로 일하고 있는 후배에게는 제대로 일하는 법을 알려준다.

12. 자유롭게 의견을 이야기하라고 해 놓고 나중에 보면 내가 먼저 답을 제시한다.

13. 옷차림이나 인사 예절도 근무와 연관된 것이므로 지적

할 수 있다.

14. 내가 한때 잘 나가던 사람이었다는 사실을 알려 주고 싶은 마음이 든다.

15. 연애사와 자녀계획 같은 사생활의 영역도 인생 선배로서 답을 제시해 줄 수 있다고 믿는다.

16. 회식이나 야유회에 개인 약속을 이유로 빠지는 사람을 이해하기 어렵다.

17. 내 의견에 반대한 후배는 두고두고 잊지 못한다.

18. 미주알고주알 스타일로 업무를 지시하거나 확인한다.

19. 아무리 둘러봐도 나보다 더 성실하고 열정적으로 일하는 사람은 없을 것 같다.

20. 아이들에게도 배울 게 있다는 원론에는 동의하지만, 실제로 뭘 배워 본 적은 없다.

〈결과 보기〉

0~3개: 당신은 성숙한 어른입니다.

4~7개: 꼰대의 맹아가 싹트고 있음

8~15개: 꼰대 경계경보 발령

16~20개: 자숙 기간 필요

* 자료 출처: 창의리더십센터 보고서

앞의 체크 리스트를 재미로 보았지만, 이것이 의미하는 바가 많다. 이것을 재미로만 바라볼 것이 아니라 '그렇다면 내가 어떻게 말과 행동을 변화시키기 위해 노력해야 하는가?'라고 스스로에게 질문해야 한다.

앞의 체크 리스트 중에 많은 부분은 우리가 하는 말과 관련된다. 즉, 내가 상대에게 말하는 방법이 자기중심적이거나 개인적인 경험에 근거하여 전달되기 때문에 상대에게는 나의 말에 공감하지 못하거나 받아들이기 어려울 수 있다. 내가 말하는 방식에 문제가 있기 때문에 상대에게 전달하고자 하는 의도를 정확히 전하지 못한 것이다.

그렇다면 어떻게 하면 나의 의도와 감정을 상대에게 정확히 전달할 수 있을까? 어렵다면 어려울 수 있는 이 문제를 조금은 쉽게 접근할 수 있는 방법이 있다.

A는 스스로 겪은 시행착오를 바탕으로 조직 구성원들에게 조언하고 싶은 마음을 잠시 접어 두고 먼저 구성원들이 하고 싶어 하는 말을 들어 주었다. 그러자 그들과의 연결 고리가 보이기 시작했다. 그리고 상대가 자신을 받아들일 마음의 여유가 생긴 것을 알게 되었다. 그때 A는 자신의 긍정 의도를 밝히고 구성원들에게 동의를 구했다. 그리고 하고 싶은 말을 했다. A와

구성원들은 그렇게 연결되었다.

C는 꼰대일까. 그렇지 않다. C는 굉장히 뛰어난 인품을 갖추고 있다. C는 매우 숙련된 방법으로 상대를 있는 그대로 보고 상대가 원할 때 필요한 조언을 한다. 상대 역시 기꺼이 C의 조언을 기꺼이 받아들이고 자신을 돌아본다. C는 어떠한 방법을 사용할까?

우리는 스스로를 소중한 존재라고 생각한다. 그래서 누군가 나를 판단하는 말을 듣게 되면 우리는 자연스럽게 저항하며 반응한다. 우리는 본능적으로 상대의 이야기를 듣기보다는 자신의 이야기를 먼저 하고 싶어 한다. 이를 뒤집어 보면 먼저 상대의 이야기를 있는 그대로 들어 주는 것이 상대의 마음을 여는 열쇠가 될 수도 있다는 의미다. 대부분의 사람들은 자신의 이야기를 잘 들어 주고 인정해 주는 사람에게 마음의 문이 열리기 마련이다. 그렇게 되면 상대의 의견이나 조언을 들었을 때도 저항하는 감정이 줄어든다. 나아가 조금은 수용하고 스스로를 돌아볼 가능성도 높아진다. 크게 세 가지 방법을 살펴보자.

1. Yes, and로 말하기

2. Yes, but으로 말하기

3. Yes or No, it's로 말하지 않기

앞의 두 가지 방법은 먼저 상대에게 'Yes' 하며 인정해 주는 것이다. 상대를 있는 그대로 봐주는 것이 핵심인데, "아, 그렇군요!", "그랬군요."라며 상대의 이야기를 주의 깊게 들어야 한다. 주의해야 할 점은 계속해서 기계적으로 같은 반응을 하는 것이 아니라 상대의 언어로 반응해 주거나 맥락적으로 적절한 질문을 하며 충분히, 천천히 그리고 진짜로 듣는 것이다. 만약 "그랬군요." 기계적으로 느껴진다면 조금 변형해서 "그랬겠네요."와 같은 표현을 섞어주는 것이 좋다. 또한 상대의 말을 그대로 재언급하는 방법도 유용하다. 즉, "그래서 어떻게 됐다는 거죠?"와 같은 표현을 사용하는 것이다. 상대가 충분히 이야기를 하도록 하고 상대에게 충분히 시간을 주는 것이 초반에 아주 큰 효과를 발휘한다.

그다음에 내가 하고 싶은 이야기를 한다. 이야기가 'and'로 이어지면 "이런 것도 있더라고요." 혹은 "제 생각은……."과 같은 의견을 더할 수 있다. 또한 "그런데 저는 이렇게 생각해요." 또는 "하지만 이런 면도 있지 않을까요?"와 같은 'but'으로 이어지는 의견 또는 조언을 줄 수도 있다.

마지막으로, Yes 혹은 No처럼 시작은 상관없을 수 있다. 그러나 그다음에 바로 It's로 말하는 것은 지양하는 것이 좋다. 왜냐하면 It's 다음에 나올 말들은 옳고 그름을 가리거나, 상대가 말한 것을 규정하거나 혹은 자신의 고정관념을 일반화할 가능성이 매우 높기 때문이다. 따라서 It's보다는 but I think가 좋다. "제 생각은……."을 붙이면 섣부른 일반화의 오류나 상대의 저항을 줄일 수 있다.

또 한 가지 중요한 플러스 알파는 타이밍이다. 상대의 저항을 줄이는 적절한 시점이 중요하다. 이는 서툰 방법을 갖고 있는 사람들에게 특히 중요하다. 만약 타이밍을 잘 모르겠다면, 차라리 이렇게 물어보는 것이 더 현명하다.

"잘 지내고 있어? 어려운 점은 없어?"
"혹시 내가 도움을 줄 수 있는 일이 있을까?"

우리는 저 물음에 '나에 대한 상대의 따뜻한 감정'을 느낄 수 있다. 이때 전환이 일어난다. 이 시점부터 내가 마음을 열 가능성이 높아진다. 자연스럽게 상대에게 조언을 구할 수도 있고, 의견을 들을 수도 있다. 상대는 누군가에게 기여할 수 있는 기쁨으로 자신의 긍정 의도를 펼칠 수 있다. 우리는 서로 이렇게 연결될 수 있다.

대화: 진정한 소통이란 무엇인가

하이터치의 능력을 바탕으로 하는 소프트 파워에 대해 함께 알아보고 있다. 우리의 삶 어느 곳에서나 힘을 발휘하고 있는 소프트 파워를 잘 이해하여 그것을 각자의 삶에 조화롭게 녹여 낸다면 우리의 삶은 좀 더 풍요로워질 것이다.

우리는 매일매일 누군가와 끊임없이 대화하며 살아간다. 우리의 삶에 있어 굉장히 많은 부분을 차지하고 있는 것이 의사소통이며, 그것은 대부분 대화로 이루어진다. 어쩌면 누군가는 굳이 대화하는 법을 배울 필요가 있느냐고 물을지도 모르겠다. 우리가 일상에서 매일 하는 행위인 만큼 대화하는 법에 대해 따로 공부할 필요가 없다고 생각하는 것이다. 그러나 우리가 어떻게 상대와 대화하느냐에 따라 상대와의 관계나 우리의 삶이 변화할 수 있을 만큼 대화하는 방식은 중요한 문제가 아닐 수 없다.

책『결정적 순간의 대화』에서 소개된 흥미로운 조사가 있다. 결혼문제 전문가 클리포드 노테 리어스와 하워드 마크맨이 10년간 연구한 결과, 그들은 부부들의 고통스러운 논쟁을 세 가지 유형으로 분류하고 이들의 이혼 여부를 예견했다. 세 가지 유형은 욕을 하며 상대를 위협하는 부부, 씩씩대며 억지로 화를 참는 부부, 속마음을 솔직하게 표현하면서도 상대가 상처를 받지 않도록 말하는 부부다. 결과는 어땠을까? 이들이 이혼할 것이라고 예견한 부부의 90퍼센트가 실제로 이혼했다고 한다. 이혼하지 않은 부부의 대화 방식은 당연히 세 번째 유형이었다.

대화를 잘하고 싶어요

대화를 잘하고 싶다. 이 말의 진짜 의미는 무엇일까? 이것은 달변가나 아나운서와 같이 말 자체를 잘하고 싶다는 것이 아니다. 그보다는 상대방과 진정으로 연결되고 싶다는 의미일 것이다. 대화를 통해 서로를 더 이해하고, 서로가 원하는 것을 얻고, 소모적인 언쟁을 피하며, 상대방에게 인정받고, 상대를 더 아껴 주고 싶은 마음과 같이 서로 간에 연결되고자 하는 마음이 함축되어 있다.

들기와 말하기는 대화의 기본적인 구성 요소다. 들기의 중요성은 입이 하나이고 귀가 두 개라는 점에서 이미 신체가 말해 주고 있다. 이번에는 '대화'라는 큰 그림을 통해 우리가 어떠한 방향으로 나아가야 할지, 그리고 우리의 일상생활에서는 어떻게 실천해야 할지 하나씩 배워보자.

대화하기 전 마음가짐

대화를 시작하기 전에도 마음가짐이 필요하다. 이는 이미 내가 가지고 있는 인품을 말한다. 그러나 우리는 때때로 감정에 휩싸여 의도하지 않은 말이 입 밖으로 튀어나오기도 한다. 이러한 돌발 상황은 말싸움으로 번지고, 서로의 감정을 상하게 해서 우리 삶을 풍요로부터 멀어지게 한다. 그래서 대화를 시작할 때도 마음가짐이 중요하다. 이 마음가짐은 내가 대화를 시작하는 경우에는 말을 하기 직전, 상대가 대화를 시작하는 경우에는 내가 대화에 참여하는 순간을 말한다.

우리는 어떠한 마음가짐을 하고 대화를 시작할까? 사실 대부분의 사람들은 아무 생각 없이 그냥 생각나는 대로 말한다. 그런 것까지 생각하고 대화에 참여하기에는 골치가 아프기 때문이다. 그러나 대화하는 도중에 곤란한 상황에 몇 번이고 처한 경우에는 다르다. 숨을 고르고, 마음을 가다듬고, 하고 싶은 말을 되뇌고, 때로는 시나리오를 구상하기도 한다. 이전처럼 말실수를 하지 않기 위해서다.

이처럼 진정한 대화를 하기에 앞서 우리는 스스로에게 질문하는 것이 중요하다. 내가 진짜로 원하는 것은 무엇일까? 이 질문이 중요하다. 또한 "우리가 이 대화를 통해 진짜 원하는 것이 무엇일까?"라는 질문도 스스로 자신에게 던져야 한다. 이 질문은 대화 중에 상대에게도 할 수 있다. 그래야 우리는 상대와의 대화를 통해 우리가 진짜 원하는 곳에 다다를 수 있다.

한 가지 더 중요한 것은 본격적인 대화에 앞서 상대에 대해 판단하지 않는 마음가짐이다. 상대를 판단하지 말고 있는 그대로 바라보자. 혹시 마음의 풍랑을 만나 상대를 판단하려고 할 때는 스스로에게 다음과 같이 질문해 보자. '대체 상대가 왜 저럴까?' 하고 생각해 보는 것이다. 이것은 상대방을 비판하거나 판단하려는 것이 아니라 상대를 이해하려고 하는 마음가짐이다. 이 또한 구체적으로 상대의 욕구를 바라봐 주고 표현할 수 있는 연습과 훈련이 필요하다.

"화가 날 때 내뱉는 말은 당신이 두고두고 후회할 최악의 말이 될 것이다."

_ 암브로스 비어스

대화의 시작

본격적인 대화에 들어가기 전에 '우리가 진짜 원하는 것이 무엇일까?'를 질문하라고 했다. 그렇다면 대화가 시작되면 우리가 진짜 원하는 것을 말해야 한다.

만약 어떠한 문제가 생겼을 때 그 원인을 상대방에게 돌리거나 상대의 잘못이라고 생각하는 것을 분석하고 있다면 첫 질문을 자신에게 다시 해야 한다. 그리고 상대가 원하는 것, 내가 원하는 것, 우리가 원하는 것에 대해 이야기를 나누도록 한다.

공동의 목적 달성을 위해서라는 것을 대화 중에 계속해서 상기해야 한다. 그러나 우리는 대화를 시작하고 얼마 안 가서 자꾸 목적지를 변경한다. 바로 상대를 이기고자 하는 것으로 말이다.

대화의 진행

대화를 진행하면서도 계속해서 생각해야 하는 것이 '우리가 진정으로 원하는 것이 무엇인가?'에 관한 것이다. 『결정적 순간의 대화』에서는 이 부분을 가장 강조한다.

"대화 도중 어떠한 상황이 벌어지더라도 그 대화를 시작한 원래의 동기를 잊어서는 안 된다. 대화를 해 나가는 중에 그 대화를 시작한 이유가 무엇인지 끊임없이 자문해야 한다. 상사의 의견을 따르거나 배우자에게 쌀쌀맞게 대꾸하기에 앞서 자신의 대화 목표가 달성되었는가에 대해 먼저 생각하도록 하자. 물론 대화 동기와 목표만을 생각하며 대화에 임하기란 말처럼 쉬운 것만은 아니다. 아드레날린이 마구 분비되는 상황에서 평상심을 유지하는 것 또한 어려운 일이다. 대화의 원래 동기와 목표를 추구하려면 대화의 소용돌이에 휘말려서는 안 된다. 제삼자적인 입장에서 대화의 흐름을 볼 수 있어야 한다."

_『결정적 순간의 대화』 (케리 패터슨, 조셉 그레니, 론 맥밀런, 알 스위즐러, 에밀리 그레고리)

'우리가 진정 원하는 것은 무엇인가?'

이 질문을 하는 이유는 첫째, 우리가 진정 원하는 것이 무엇인지 앎으로써 우리가 나아가야 할 방향을 정할 수 있다는 점이다. 둘째, 자신이 진정 원하는 것이 무엇인지 스스로에게 질문함으로써 자신의 생리 기능을 억제할 수 있기 때문이다. 스스로에게 질문을 던짐으로써 두뇌로 보내는 혈액의 양을 늘려 이성적인 생각을 유도할 수 있다. 이렇게 대화 도중 옆길로 샐 가능성을 줄여 주는 질문을 계속해서 던져보는 방식이 대화를 잘 이어 가는 비결이다.

우리가 대화를 할 때 중요한 핵심 내용에 대해 다루어야 하는 순간이 있다. 이 책에서는 결정적 순간의 대화를 중요한 이해관계, 의견 대립, 격한 감정, 이렇게 세 가지로 구분했다. 이 외에도 대화의 결과가 인생에 큰 영향을 미칠 때 역시 '결정적 순간의 대화'라고 할 수 있다.

우리는 까다로운 대화 주제를 회피하는 경우가 많다. 일상적인 대화에서는 문제가 없지만, 내가 진짜로 원하는 것이나 누군가에게 책임을 물어야 할 상황, 상대의 잘못을 지적해야 하는 경우 등을 우리는 수면 아래로 묻어 둔 채 적당히 흘려보낸다. 이러한 일들은 특히 직장에서나 가정에서 자주, 그리고 친

밀하게 지내는 사람들 간에 흔히 일어난다. 그러나 이렇게 중요한 문제가 생기면 맞닥뜨리기보다 회피를 반복하다가 결국에는 화병이 나거나 싸움으로 번지기도 한다. 때문에 다루기 조금 어려운 문제라도 서로의 기분을 상하게 하지 않으면서 합의점을 찾아가는 진정한 소통이 필요하다. 결정적 순간의 대화를 회피하지 않고 효과적으로 대화한다면 우리는 더욱 풍요로운 삶을 살아갈 수 있다.

어려운 대화를 지속하는 요령

이제 좀 더 구체적으로 우리가 주로 어려움을 겪는 대화의 상황 속으로 들어가 보자. 『결정적 순간의 대화』에서는 어려운 대화를 지속하는 요령으로 다음과 같은 방법을 추천해 주고 있다.

1. 내가 회피하거나 공격하려고 할 때

내가 왜 이 대화에 참여했는지 늘 염두에 두고 있어야 한다. 이를 통해 감정에 휩싸이지 않도록 노력한다. 또한 어떠한 상황이 닥치더라도 대화의 목적은 상대방과 말다툼을 하는 것 이외의 목적이 있음을 늘 상기시킨다. 이는 다시 말하면 대화의 과정에서 항상 자신을 관찰하라는 말이다. 논쟁의 와중에도 자신이 무엇을 하고 있는지, 자신이 대화에 어떠한 영향을 미치고 있는지 파악하고 있어야 한다. 그래야 대화에 임하면서 전략을 수시로 바꿀 수도 있다. 물론 여기에서 말하는 전략이란 절대 상대를 이기기 위함이 아니다.

한 가지 더 중요한 점은 나의 말과 행동이 절대로 상대에게 두려움을 불러일으키지 않도록 주의를 기울여야 한다는 것이다.

2. 상대가 회피하거나 오해하고 있을 때

대화 중 상대가 회피한다는 것은 상대가 대화 과정에서 불안감을 느끼고 있다는 것을 말해 준다. 사실 불안감이라고 표현했지만, 거부감이나 두려움이 될 수도 있다. 이러한 분위기로 전환이 일어난다면 이는 '결정적 순간의 대화'라고 할 수 있다. 대화 도중 이러한 기류가 느껴진다면 어떻게 해야 할까?

사과한다: 나의 욕심(자존심, 승부 등)을 버리고 상대방을 곤란하게 만든 점 혹은 마음에 상처를 준 점 등에 관해 미안하다는 의미를 담아 사과한다.

분명한 대조: 진심으로 사과해도 잘 받아들여지지 않는 경

우에는 '의도하지 않은 것'과 '의도한 것'을 대조적으로 말해 준다. 예를 들어, 상대가 생각하는 것처럼 불순한 목적이 없었다는 점에 대해 이야기하고, "나의 진심은 다른 의도였다."라고 말할 수 있다.

공동 목적을 만든다: 공동의 목적을 함께 찾아보자고 혹은 만들어 보자고 제안한다. 상대와 내가 공동이라는 안도감을 제공하면서 긴박한 상황으로부터 '우리'를 바라볼 수 있게 하는 여유를 찾아 줄 수 있을 것이다.

3. 상대가 공격할 때

우리는 보통 상대의 공격을 받으면 상대와 같은 방식으로 공격적인 말을 하기 쉽다. 방어적인 태도로 자기방어를 하는 것이다. 그러나 상대와 똑같이 공격하기보다는 상대를 안심시킨 후에 왜 그러한 말을 하게 되었는지 질문해 보는 것이 좋다. 물론 이렇게 하는 것이 쉽지는 않다. 따라서 이에 대한 연습과 훈련이 필요하다.

여기에서 특히 상대방이 무슨 말을 했느냐가 아니고 상대가 어떤 사실을 보고, 들었고, 그것을 토대로 어떤 결론을 내리게 되었는지 질문하는 것이 중요하다.

이처럼 어려운 대화에서 가장 중요한 점은 대화를 안전하게 만드는 것이다. 먼저 공동의 대화 목적을 인식하고 이에 대해 서로 공감대를 형성해야 한다. 다음으로 상호 존중이 필요하다. 대화를 안전하게 만드는 두 가지 요소를 직접 상대에게 언급해서 우리가 진짜로 원하는 소통 방식에 대해 공감하려는 노력을 제안해 보는 것도 좋은 방법이다. 즉, 어려운 대화로 가고 있음을 직감했을 때 다음과 같이 말해 보는 것이다.

"나는 지금 이 대화가 어려운 방향으로 가고 있는 것처럼 느껴지는데, 혹시 잠시만 여유를 함께 가져 볼까? 내가 원하는 것도, 당신이 원하는 것도 말다툼이 아니잖아. 결국 서로 연결되고자 하는 건데, 나도 서툴다 보니 쉽지가 않네. 오늘 대화에서 우리가 함께 얻고자 하는 목적을 다시 찾아보자."

4. 내 기분 또는 내가 원하는 것을 분명하게 말하고 싶을 때

앞의 방법들만 보면 반감이 생길 수도 있다. 스트레스도 생길 것이다. 지금까지 해오던 방식과는 다를 수 있기 때문이다. 그러나 글을 읽으며 공감되는 상황이 많았다면 연습해 볼 만한 가치가 있다.

마지막으로 한 가지 집고 넘어가야 할 부분이 있다. 바로 내

가 원하는 것을 분명하게 표현할 줄도 알아야 한다는 점이다. 만약 나와 상대를 바라보는 연습이 충분하지 않다면 내가 원하는 것을 말하는 것도 어렵다. 현재의 내 기분이나 내가 원하는 것을 말하려 할 때 가슴이 뛸 것이고, 불안하고, 어떻게 시작해야 할지 모를 것이다. 마음만 앞서 상대에게 상처를 주거나 이기려고 보이는 행동을 할 수도 있다.

어떻게 해야 내가 원하는 것을 분명하게 전달할 수 있을까. 『감수성 훈련』에서 추천하는 세 가지 요령을 지키며 천천히 여유를 갖고 실천해 보자.

- 상대의 인격을 존중하고 자존심을 건드리지 않는다.
- 잘못된 행동은 꼬집어 주되 사람을 나무라지 않는다.
- 그 행동을 보고 느낀 내 기분(또는 내가 원하는 것)을 상대에게 솔직하게 알려 준다.

여기에 덧붙여서 『비폭력 대화』에서 말하는 '부탁하기'를 적용해 보기를 추천하고 싶다. 사실 내가 느낀 기분이나 내가 원하는 바를 상대에게 솔직하게 표현한 뒤에는 다시 상대를 바라봐 줘야 한다. 다시 상대에게 방금 내가 한 말을 듣고 무엇을 느끼고, 어떤 생각을 하는지 물어본다. 이때 가능한 한 구체적으로 목적을 분명히 하며 물어보는 것이 좋고, 내가 원하는 것을 전달했다면 상대가 나의 제안을 받아들일 의사가 있는지 솔직한 반응을 부탁할 필요가 있다.

> "중요한 것을 위해 나서지 않는다면 사소한 것에 시달리게 된다."
>
> _ 앤 랜더스

대화 도중 나는 억누르고 있는가

대화하는 중에 우리는 언제 감정에 휘말릴까? 대표적인 한 가지 상황을 꼽자면 바로 악질과 대화할 때다. 여기서 말하는 악질이란 내 입장에서 봤을 때 '악질'같이 느껴지는 사람을 말하는데, 그 악질이 어느 지위에 있느냐도 나의 행동에 영향을 미친다.

이를테면 회사 내에서 혹은 어떤 조직에서 누가 봐도 악질인 상사와의 트러블이 있을 수 있다. 그 사람의 말은 언제나 공격적이고 나의 감정을 상하게 한다. 함부로 말하는 사람처럼 보인다. 그에게서 내 감정이 공격받지만, 조직 내에서의 관계 때문에 내 감정을 제대로 표현하기 힘들다. 만약 밖에서 마주친 사람과 이러한 상황이 펼쳐지면 한바탕 크게 싸우고 잊어버릴 수도 있겠지만, 조직에서는 그렇게 하기가 어렵다. 물론 대판 싸우는 것도, 싸움 후에는 감정 소모와 분노가 밀려올 수 있다. 그렇다면 악질과는 어떻게 대화하는 것이 현명한 것일까? 어떻게 대화하는 것이 현명하게 나를 지키는 방법일까?

우선 큰 그림을 그려 보자. 관점을 높은 곳으로 가져가 보는 것이다. 만남이란 무엇일까? 그리고 우리는 어디로 가고자 할까? 먼저 우리가 가고자 하는 방향은 '편안한 마음'이라고 나는 믿는다. 내가 지휘하는 오케스트라와 같이, 작은 흔들림은 있겠지만 요동치지 않는 강물과 같은 편안함을 우리는 추구한다. 그래서 나를 돌아보고, 상대를 보고, 경험을 축적해 가며 우리는 성장하고 성숙하게 된다. 그런데 생각만큼 이 과정이 쉽지 않다. 왜냐하면 우리는 혼자만 살아가는 것이 아니기 때문이다. 또 우리의 삶에 영향을 미치는 변수도 너무나 많다. 그게 인생이다. 하지만 사람에게는 혼자만의 시간도 필요하지만, 절대적으로 혼자 갈 수는 없다. 삶은 누군가와의 만남의 연속이라 할 수 있을 만큼 만남은 우리 인생에서 필연적이다. 만남에서 우리는 서로 경계하며 벽을 치는 것이 아닌 '용기'를 내야 한다.

> "마음을 풀어놓고, 터놓기 위해서는 상당한 용기가 필
> 요하다. 움츠리고 있던 사람이 적극적으로 나서자니 때
> 로는 두려움과 귀찮음이 따르고, 나를 드러내 보이자니
> 상처를 입지 않을까 걱정도 되고, 남을 받아들이자니
> 남의 아픔을 나의 아픔으로 받아들여야 하는 고통도 따
> 르기 때문이다."
>
> _ 『감수성 훈련』(유동수)

만남에서 우리는 대화라는 것을 한다. 대화에서도 우리가
가고자 하는 편안한 마음을 추구한다. 하지만 대화의 실전에서
수많은 벽에 부딪치며 우리는 좌절한다. 우리는 점점 더 견고한
벽을 쌓는다. 그리고 그 벽을 깨부수고 밖으로 나갈 용기가 아
닌, 벽을 견고히 하는 두려움을 생산한다. 그러나 그 벽을 넘어
서기 위해서는 어찌 됐든지 간에 내면을 직시하고 용기를 내야
한다는 점이다.

『미움받을 용기』에서 나오는 철학자는 '용기 부여'라는 용어
를 제시한다. 그것은 지금의 나를 받아들이고, 결과가 어떻든

지 간에 앞으로 나아갈 용기를 갖는 것이다. 철학자는 만약 상대와 관계를 회복하기로 결심했는데, 상대가 나를 어떻게 생각하고 있는가 혹은 내가 다가서면 상대가 어떤 태도를 취할 것인가는 조금도 관계가 없다고 말한다. 상대방이 나와의 관계를 회복할 의사가 없어도 상관이 없다. 문제는 내가 그것을 결심하느냐, 마느냐 하는 것이다. 그리고 그 열쇠는 언제나 나 자신이 쥐고 있다고 한다.

이제 다시 악질과의 대화 주제로 돌아와 구체적으로 그 방법을 살펴보자. 『함부로 말하는 사람과 대화하는 법』에서 저자 샘 혼은 우리가 그동안 악질로부터 받은 상처를 신랄하게 비판하면서 우리의 마음을 보듬어 준다. 다시 말해 우리가 악질과의 대화에서 '인간애'와 '나를 지키는 길' 사이에서 방향을 설정해 주는 느낌이 든다.

> "악질적인 사람들은 자기 행동을 돌이켜 보지도 않고 잘못을 깨닫지도 않는다는 점을 기억하라. '이 사람을 이렇게 대해서는 안 되는데, 나중에 사과해야겠다.'라고 반성하는 대신, '됐어! 막 대했는데도 항의하지 못하는군. 그럼 계속 이렇게 하면 되는 거지.'라고 생각하는 것이다."

_『함부로 말하는 사람과 대화하는 법』 (샘 혼)

샘 혼은 침묵이 허용의 의미가 될 수 있다고 조언한다. 한편 그 역시 기본적으로는 인간애를 추구한다. 그러나 상대가 비열하게 나온다면 전략을 바꾸라고 조언한다. 악질적인 사람들을 성공적으로 제압한 수백 명의 사람들과 인터뷰를 해본 후, 그는 마침내 '계속 나쁘게 행동하는 상대에게는 강하게 나가는 것이 옳다.'고 생각했다고 한다.

"악질적인 사람과 협상하면서 이쪽이 도덕적이면 상대도 도덕적으로 나오겠거니 기대하는 것은 투우 경기장에서 황소와 단둘이 들어가더라도 채식주의자인 당신은 무사하리라 기대하는 것과 같다. 상황에 따라 갈등 해결 방식을 유연하게 적용해야 하는 이유가 바로 여기에 있다. 독재형이나 참여형 리더십이 만능이 아닌 것처럼 1등 지상주의도, 원원도 만능이 아니다. 함께 일하는 직원들의 특성에 따라 리더십 방식을 맞춰 가야 하듯, 대적하는 상대의 특성에 따라 의사소통 스타일을 적절하게 조정할 필요가 있다. 물론 우리 주변 사람들은 대부분 협력적 공존을 원하는 이성적인 존재이므로 윈윈 방식이 대체로 유효하다. 하지만 잘 지내려는 우리의 진심 어린 노력을 아무렇지도 않게 걷어차는 상대를 만났다면 마음을 다잡고 공격해야 한다. 그래야 일방적으로 당하면서 상처를 입고 괴로워하는 상황을 피할 수 있다."

"상대가 그 경솔한 말을 반복하게 만드는 것은 모욕을
그냥 넘기지 않겠다는 의사표시가 된다. 이 간단한 질문
으로 궁지에 몰리는 존재는 이제 당신이 아닌 상대가 된
다. "방금 뭐라고 하셨지요?"라는 질문은 치고 빠지는
언어적 공격을 하는 사람에게 설명을 요구함으로써 당
신을 당하기만 하는 역할에서 벗어나게 해준다."

_ 『함부로 말하는 사람과 대화하는 법』 (샘 혼) 중에서

샘 혼은 자신이 경험한 다양한 사례를 바탕으로 악질과
대화하는 여러 가지 방법을 제안한다. 그중 우리가 일상에
서 쉽고 강력하게 활용할 수 있는 한 가지 방법은 바로 You-
message를 사용하는 것이다.

즉, 이러한 상황에서는 I-message보다는 You-message가
더 효과적이라는 것이다. 이것은 '나' 대신에 '당신'을 주체로 놓
았기 때문에 책임을 정통으로 상대에게 돌리게 한다. 나는 이
말을 비폭력 대화로 조금 다듬어 보았다.

"지금 말씀하신 것을 다시 한번 말씀해 주시겠어요?"

이 말은 단순해 보일 수도 있지만, 부당함을 표현하기 쉽지 않은 상황에서 아주 쉽게 활용할 수 있다. 방금 한 말을 못 들었다며 다시 한번 상대가 직접 자신이 한 말을 하도록 하면 감정적으로 내뱉은 말도 다시 생각하며 말해야 한다. 만약 여러 사람이 있는 곳에서 교양 있게 받아친다면 내가 원하는 그림을 그릴 수 있을 것이다. 감정적인 괴물의 공격에 우리는 괴물이 되지 않으면서 우아하게 반격하는 것이다.

그리고 상대가 다시 한번 말한 것을 곰곰이 되새긴 후에는 내가 원하는 것, 나의 욕구를 분명하게 표현해야 한다. 우리는 항상 자신의 욕구를 표현하기에 앞서 상대의 잘못으로 보이는 것을 분석하는 데 더 능숙하기 때문에 연습과 훈련이 필요하다. 만약 계속해서 두려움을 갖고 있거나 서툰 방법으로 표현할 경우에는 더 큰 갈등으로 번질 가능성이 크다. 조직에서 혹은 비즈니스 관계에서 현명하게 대처하는 것은 쉽지 않다. 이러나저러나 내게 불리할 것만 같은 두려움과 소모적인 감정을 스스로 양산해 낸다.

악질과의 대화에서 아주 힘든 시기를 버텨 내고 있다면 우선 이러한 방법을 연습해 보자. 다만, 마음의 여유를 가지고 천천히 시도해 봐야 한다. 분명 조금씩 나아질 것이다. 한 번에 잘 해내기를 바라는 것은 욕심이다. 『감수성 훈련』의 대가 유동수 작가는 '참고 누르는 일'에 대해 용기를 내야 함을 강조하면서도 천천히 해야 함을 더욱 강조한다.

"천천히 지혜롭게 가야 한다. 그래야 우리는 때때로 만나게 되는 괴물과 싸우면서도 괴물이 되지 않을 수 있다."

_ 『감수성 훈련』(유동수)

"괴물과 싸우는 사람은 그 싸움 속에서 스스로 괴물이 되지 않도록 조심해야 한다."

_ 프리드리히 니체

공감 능력: 자신을 향한 감정인가, 타인을 향한 감정의 행동인가

MBTI가 유행하면서 판단의 근거가 F(Feeling, 감정)인지, T(Thinking, 사고)인지 따져보는 것이 지인들 사이에서 자주 언급된다. 각자가 갖고 있는 더 구체적이고 다양한 특성이 있겠지만 MBTI 특성의 한 부분으로 보여지는 부분이다. 이를 소프트 파워라는 '능력의 측면'으로 보면 조금 더 구체적으로 들여다봐야 한다. 만약 어떤 사람이 어떤 타인과의 관계 또는 상황에서 눈물을 보인다고 가정해 보자. 이 경우에 이 사람은 공감 능력이라는 소프트 파워가 있다고 말하기 어렵다. 눈물을 흘린다는 것은 함께 감정을 느낀다는 측면에서 공감(共感)의 의미가 있지만, 감정의 방향이 자신을 향한 것뿐이다. 이후가 중요하다. 눈물을 함께 흘려주는 공감 이후에 타인을 향한 감정의 행동이 나와야 공감 능력이라는 소프트 파워가 발휘된 것이다.

누군가와의 대화에서 혹은 소통하는 과정에서 공감은 서로의 마음의 문을 열어 주는 중요한 열쇠가 아닐 수 없다. 공감의 바탕에는 나의 욕구가 소중하듯이, 다른 사람의 욕구도 소중히 대할 줄 아는 마음가짐이 깔려 있어야 한다. 또 내가 존중받아야 마땅한 존재이듯, 상대방에 대한 존중이 기본이 되어야 한다.

내가 지금껏 누군가를 공감하는 방식에 대해 살펴봐야 한다. 상대방의 내적 상황에 대한 이해는 없이 정보만 캐묻는 건 아닐까. 상대에게 단순한 질문을 여러 번 하고는 그것이 관심이고 공감이려니 하면서 자기합리화를 하는지도 모른다. 또 내가 행했던 공감의 방식은 상대를 안심시킨 다음 내가 제시해 주고 싶은 해결책을 충동으로 조언을 하거나 선불리 대안을 제시하는 식일 수도 있다.

나는 공감하는 방식에 대한 자각 이후로 나는 이 부분을 집중적으로 고쳐 나가기 위해 가족과의 대화에 적용해 보았다. 나는 평소에 어머니의 행동을 보며 답답한 마음을 자주 느꼈다. 나는 내 안에서 어머니 본인을 위해 좋지 않은 방식으로 행동하는 것을 스스로 깨우치도록 '왜 그렇게 대응하고 행동했는지' 묻곤 했다. 그러면 어머니가 바뀔 것으로 기대했고, 변화하기를 원했다. 단지 상대의 행동이 바뀌기를 원했던 것이다. 그것이 어머니 스스로를 위한 길이라고 생각했다. 그러나 지금까지 그랬듯이 어머니의 행동은 바뀌지 않고 있었다. 어머니가 어떤 일에 대한 불만을 늘어놓으면 나는 늘 같은 방식으로 충고했고, 어머니는 내가 제안한 대안을 수락하는 듯이 보였다. 대화는 항상 그렇게 끝이 났다. 그러나 어머니의 행동은 항상 바뀌는 것이 없었으니, 얼마나 소모적인 대화였는지 절실히 느꼈다.

나는 나의 욕구를 암시적으로 말하거나 어머니의 행동에 대한 판단을 말하지 않았다. 내가 생각하는 대안을 바로 제시하지도 않았다. 그 대신 "어머니가 ~(욕구)를 원했지만 그러지 못해서 ~다는 거예요?"라고 말하는 연습을 했다. 상대의 욕구에 초점을 맞추었다. 그러자 이전과는 다른 대화가 펼쳐졌다. 어머니께서는 그 상황에서 본인의 불만과 욕구를 말했다. 그리고 나는 있는 그대로 듣고 공감해 주었다. 그러자 어머니는 나와 함께 대안에 대해 이야기를 나누었다. 생동감 있고 생산적인 대화로 바뀐 것이다. 대화의 끝은 늘 안타깝고 씁쓸하게 마무리되곤 했었는데, 이제는 흐뭇한 마음과 미소로 끝맺게 됐다. 작은 시도가 큰 변화를 이루어 낸 것이다. 공감 능력이란 이렇듯 상대에 대한 존중을 바탕으로 상대의 욕구에 초점을 맞추고 세심하게 헤아리는 데서 출발하는 것이 아닐까.

질문: 질문이 모든 것을 바꿀 수 있다

상황에 따라 자신에게 혹은 상대에게 적절한 질문을 던질 수 있는 사람은 상황이나 문제를 잘 해결한다. 현재 어떤 일이 벌어졌는지 객관적으로 살펴보고 무엇이 문제인지 분석하며 알맞은 대안을 설정해서 적용하고 앞으로 나아간다.

지나온 우리의 인생을 떠올려 볼 때 나름의 깨달음은 이렇게 적절한 질문을 던졌을 때 얻어진다. 그동안 생각해 보지 못했던 부분을 자극해 주기 때문이다. 이 자극은 자신을 향하기도 하고 혹은 상대를 향하기도 한다. 효과적인 자극이라면 결과적으로 좋은 반응을 이끌어 낸다.

이처럼 질문하는 능력은 소프트 파워로써 모든 것을 바꿀 수도 있는 굉장한 능력이다. 질문은 시고를 점차 확장할 수 있도록 만들어 준다. 질문이 영향력을 미치는 이유는 인간이 갖고 있는 자각(awareness) 때문이다. 자각이란 자신이 보고, 듣고, 느끼는 것을 주의 깊게 성찰하여 의식하게 되는 것을 말하는데, 질문이 이러한 의식의 영역을 확장하도록 자극한다.

질문을 잘못하면 자각으로 이어지는 자극이 되지 않는다. 다시 말해 생각할 기회가 주어지지 않는 것이다. 대표적인 잘못된 질문으로는 자신이 하고 싶은 말이나 미리 정해 둔 형태로 말을 하고 마지막에 질문의 형태로 물음표만 붙이는 것이다. 여기에 질문의 내용이 편견, 판단, 공격의 내용을 담고 있다면 과정뿐만 아니라 결과도 좋을 리가 없다.

그렇다면 질문을 잘하려면, 즉 효과적인 질문을 하려면 어떻게 해야 할까? 우선 질문의 종류를 살펴보자. 먼저 닫힌 질문과 열린 질문이 있다. 닫힌 질문은 "시도라도 해보셨나요?"와 같이 질문을 듣고 나면 다음에 할 말이 없거나 상대에게 그다음 말을 이어 갈 만한 여지를 제공하지 않는 자기중심적 질문이다. 이를 열린 질문으로 바꾸면 "어떤 시도를 해보셨나요?" 정도가 된다.

다음으로 부정 질문과 긍정 질문이 있다. "여기에서 실수하면 안 되잖아요?"라는 부정 질문을 들으면 어떤 힘도, 동기부여도 일어나지 않는다. "잘 해내려면 어떻게 해야 할까요?"라는 긍정 질문이 긍정적인 자극을 만들어 낼 수 있다.

이와 비슷하게 유도 질문과 중립 질문이 있는데, 유도 질문은 "무슨 수를 써서라도 성과를 내야 하는 것 아닌가요?"와 같은 형태다. 이를 중립 질문으로 바꾸면 "지금 상황이 어렵지만 성과를 내려면 어떻게 하는 게 좋을까요? 생각해 본 것들을 이 자리에서 나누어 보죠." 정도가 될 수 있다.

마찬가지로 책임 추궁 질문과 가능성 추구 질문이 있는데, "이 정도밖에 못해요?"라는 책임 추궁 질문은 닫힌 질문이나 부정 질문, 유도 질문과 마찬가지로 자신이 하고 싶은 말에만 집중한다. 상대방의 생각이나 입장은 고려하지 않고 자신만의 비좁은 세계에 갇혀 있다. 가능성 추구 질문으로 바꾼다면 어떻게 바꿀 수 있을까? '어떻게(How)'라는 단어는 우리에게 새로운 생각을 자극하는 중요한 자극제가 될 수 있다. 즉, '어떻게(How)'라는 매우 간단한 방법만으로도 효과적인 질문을 할 수 있는 것이다. "수준을 조금 더 높이기 위해서는 어떻게 할 수 있을까요?"라고 바꾼 가능성 추구 질문은 열려 있고 긍정적이며 가능성을 추구한다.

아울러 질문이라는 소프트 파워에 함께 유지해야 하는 것이 기다림이다. 내가 질문을 잘해서 잘 맞추었고 적절한 질문으로 우쭐댈 것이 아니라 상대가 충분히 말할 수 있도록 더 미물러야 한다. 질문을 하고 상대가 말하기 시작하면 그때 어떻게 말하는지 경청하며 그 순간과 맥락에 잘 머물러야 한다. 단순히 내가 궁금한 것은 무엇이니 다음 질문은 무엇을 해야겠다가 아니라 상대방을 바라보며 어떤 질문이 상대에게 필요하고 중요한지 생각하는 것이 병행되어야 한다. 관계에서 작용하는 소프트 파워로써 질문은 우리에게 새로운 가능성이고, 모든 것을 바꿀 수 있는 잠재력이다.

인정: 상대를 향한 구체적 찬사

인정이란 상대의 행동, 태도, 가치, 성품, 잠재력 등에 대해 알아주고, 상대를 존재 자체로 인정해 주는 것이다. 상대방을 인정해 주는 표현을 할 때는 구체적으로 인정의 내용을 표현해 줘야 효과가 있다. 상대를 향한 진심 어린 인정은 상대가 어떤 수준, 어떤 상황에 있더라도 앞으로 나아가도록 하는 데 동기 부여를 한다. 표현하지 않으면 모르거나 낮은 수준의 신뢰와 이해관계에 머물게 된다.

상대를 인정하는 기본적인 방법으로는 상대의 '행동'에 대해서 인정하는 방법이 있다. 다음으로 상대의 행동이나 도움으로 인해 어떤 일에 구체적으로 어떻게 '기여'했는지 언급해 주는 방법도 좋다. 나아가서 상대의 '가치'나 '존재'를 알아주는 표현을 한다면 상대는 인정받는다고 느낀다.

누군가를 인정해 줄 때는 표현 방법 역시 중요하다. "정말 잘했네요.", "대단히 감사합니다."와 같이 상대의 행동을 칭찬해 주거나 고마움을 표현하는 것도 좋다. 좀 더 구체적으로 상대가 어떤 점을 어떻게 잘했는지, 어느 부분이 어떻게 도움이 됐는지 등을 표현해 준다면, 단지 겉치레 인사가 아니라 진심이 담긴 인정의 의미가 상대에게 더 잘 전달될 수 있다.

피드백: 피드백인가, 비난인가

커뮤니케이션에서 중요한 소프트 파워인 피드백에 대해 한 번 살펴보자. 어떤 상황이나 역할에 따라 피드백이 필요한 경우가 있다. 우리의 삶에서 피드백을 적절하게 그리고 효과적으로 했을 때 인간관계나 특정한 문제 상황에서 돌파구를 마련했던 경험이 한 번쯤은 있을 것이다.

그런데 막상 피드백이 필요한 순간에는 쉽지 않게만 느껴질 때도 많다. 그 이유는 평소에 실천해 볼 수 있는 기회가 드물기 때문이다. 기껏 해 봐야 참고 참다가 힘겹게 이야기를 꺼내는 경우가 대부분이다. 그런데 용기를 내서 피드백을 했더니 오히려 역효과가 나거나 악영향을 미치기도 한다. 도대체 피드백을 어떻게 해야 할까?

먼저 피드백을 할 때 주의해야 할 점을 알아보자. 우선 감정적인 피드백은 주의해야 한다. 화가 난 상태에서는 피드백이 그 역할을 제대로 하지 못한다. 감정적인 피드백은 화를 분출하는 것과 마찬가지다. 피드백은 이성적이어야 한다. 특히 자신이 상대에게 원하는 것이 있을 때 감정적으로 피드백을 했다가 낭패를 보거나 다툼으로 번질 수 있다.

다음으로 교정적인 피드백일 경우, 즉 내가 상대의 어떤 점에 대한 교정을 원할 때는 반드시 일대일로 피드백을 해야 한다. 회의 석상과 같이 다른 사람들과 함께하는 자리에서는 교정적 피드백을 피해야 한다. 칭찬하거나 인정하는 지지적 피드백은 여러 사람이 있는 경우에 해도 괜찮다. 오히려 더 효과를 발휘할 수 있다. 하지만 교정적 피드백을 하는 경우에 상대는 심리적으로 저항하거나 회피할 수 있다. 이처럼 교정적인 피드백이 어려운 만큼 사전에 충분히 준비하는 시간을 마련해야 한다. 민감한 내용을 주고받을 경우 감정적으로 변할 수도 있기 때문에, 사전에 미리 준비해야 한다. 다음의 내용은 교정적 피드백을 준비하는 데 도움이 되는 항목들이다.

- 자신의 의도를 점검하라. 비난이 아닌 지원의 의도가 있

어야 한다.

- 적절한 타이밍인가? 감정적일 때는 피하라.
- 피드백을 충분히 준비할 시간을 가졌는가?
- 중립적인 언어로 충분히 경청하고, 상대방 관점의 질문을 포함하라.
- 일대일로 직접 전달하라.
- 전체 대화 과정은 길 수 있지만 피드백의 핵심 자체는 짧게 전달하라.

상황과 맥락에 맞게 적절한 소프트 파워를 발휘하면서 진행해야 하기 때문에 피드백을 하기가 쉽지 않다. 하지만 중요한 항목들을 점검하고 미리 준비하는 시간을 가진다면 효과적인 피드백을 할 수 있다. 사전 준비 없는 피드백은 자기중심적이거나 무의미한 피드백이 될 확률이 높다.

화: 화를 다스리는 힘

"화는 만병의 근원"이라는 말이 있다. 이는 화가 곧 스트레스를 불러온다는 말이다. 하지만 화를 내고 싶지 않아도 통제가 잘되지 않는 경우가 많다. 이처럼 화가 통제되거나 조절되지 않으면 결국 자신에게도, 상대에게도 좋지 않다. 감정적인 대응은 어떤 형태로든 좋은 결과를 가져오기 어렵기 때문이다. 그러므로 우리는 내면에 쌓인 분노, 즉 화를 잘 다스리는 연습이 필요하다.

화를 잘 다스리기 위해서는 내적 공간, 즉 마음의 여유를 마련하는 것이 우선이다. 내적 공간은 자극과 반응 사이의 공간을 조금씩 넓혀 나갈 때 만들어진다. 공간은 갑작스럽게 생기지 않는다. 많은 연습과 훈련을 통해서 만들 수 있는데, 가장 먼저 할 수 있는 일은 반응의 결과를 미리 예측하는 것이다. 즉, 자신의 반응에 따라 어떤 결과로 이어질지 흥미롭게 예측해 본다. 다음으로 이러한 과정에 있는 자신의 상태를 관찰하는 연습을 하면 분노를 조절하는 힘을 키워 나갈 수 있다.

소위 말해 욱하는 사람들이 주변 사람들에게 상처를 많이 주거나, 자기 자신도 나중에 후회하는 일을 많이 만든다. 배우 김혜자 씨는 "우리가 누군가에게 하는 행동이나 말이 그 사람 삶의 마지막 순간이 될 수도 있으며, 그 사람은 그 느낌을 간직하고 떠나게 된다는 것을 알게 되었다."라고 말했다. 서로의 몸과 마음에 상처를 남기는 화를 다스리는 힘을 길러야 우리의 삶이 좀 더 풍요로워질 수 있다.

류시화 시인의 책에서 소개된 인도 경전의 한 구절은 우리의 마음이 충분히 넓어질 수 있고, 또 깊어질 수 있는 가능성이 있음을 시사해 준다.

"삶의 파도들이 일어나고 가라앉게 두라. 너는 잃을 것도 얻을 것도 없다. 너는 바다 그 자체이므로."

_ '슈타바크라 기타' 중에서

Part 5

삶에 집중하는
소프트 파워

나에게 집중하는 그리고 관계에 집중하는 소프트 파워를 살펴보았다. 이제 삶으로 관점을 확장해보자. 삶을 풍요롭게 만드는 소프트 파워를 연습하며 소중한 인생을 다시 바라보자. 나 그리고 관계에서도 말랑말랑한 유연함이 생겼다면 삶에서도 소프트 파워를 발휘할 수 있다. 평소와 같은 일상도 다시 바라볼 수 있는 유연한 관점이 생길 것이다. 이제 삶에 집중하는 소프트 파워를 통해 새로운 에너지를 충전해보자.

시간: 유한한 인생과 시간의 소중함

고등학교 1학년이 되자 시간에 대한 호기심이 발동됐다. 그리고 거울을 보다 문득 궁금해졌다.

'60세, 70세의 내 모습은 어떨까?'
'나는 80세에 내가 어떻게 시간을 보냈는지 기억할 수 있을까?'

이 질문을 확인하고 싶어서 한 가지 재미있는 실험을 시작했다. 나는 매년 생일이 되면 사진관에 가서 사진을 찍었다. 일년에 한 번씩 사진을 찍어서 내 인생의 시간을 기록할 셈이었다. 내가 어떻게 나이가 들어가는지, 나의 얼굴이 나의 인생의 시간을 어떻게 기록하고 있는지 남기고 싶었다. 이렇게 시작한 일을 20년 이상 지속하고 있다. 과거의 좋은 기억들을 재생하지 못하는 시기에 풍요로운 인생의 기록을 살펴보면 마음이 한결 평화로워진다. 작은 호기심으로 시작한 일이 인생을 좀 더 풍요롭게 만들었다.

나이가 많아질수록 시간이 언제 지나간 지 모를 만큼 세월이 빠르게 흘렀다고 느낀다. "벌써 연말이네.", "일 년이 금세 지나갔어.", "곧 쉰 살이야.", "어느새 환갑이군."과 같은 말을 할 때면 마치 시간이 저 멀리 도망치는 듯하다. 정말 쏜살같이 흘러가는 시간을 어떻게 바라보아야 할까?

나이가 들면서 우리의 뇌는 노화되고 기억을 위한 처리 과정의 주기도 변한다. 카메라에 비유하면 젊은 시절에는 프레임을 많이 찍고, 나이가 들면서 프레임을 적게 찍는 것이다. 프레임을 적게 찍게 되면 그만큼 시간이 빠르게 흘렀다고 느끼게 된다고 한다. 나는 이 이야기를 듣고 '그렇다면 나이가 들수록 프레임을 많이 찍어야겠다.'고 생각했다. 어쩌면 우리에게 주어진 시간이 한정적이기 때문에 인생이 좀 더 의미가 있는 것은 아닐까?

스티브 잡스는 죽음에 대해 이렇게 표현했다.

"인류 최고의 발명품은 죽음이다."

죽음이 없다면 시간의 의미는 없어질 수 있다. 인생의 시간도 마찬가지다. 우리가 시간을 어떠한 관점으로 바라보느냐에 따라서 우리의 삶은 달라질 수 있다. 스티브 잡스가 세상을 떠나기 전 병상에서 남긴 마지막 말을 다시 떠올려 보면, 우리는 각자의 인생에 주어진 시간에 대한 새로운 생각을 해 볼 수 있을 것이다.

저는 비즈니스 세상에서 성공의 끝을 보았습니다.
다른 사람들의 눈에는 제 인생이 성공의 상징처럼 보이겠지만
일터를 떠나면 제 삶에 즐거움은 많지 않습니다.
돈이 많은 건 결국 제 삶의 일부가 되어 버린
하나의 익숙한 '사실'일 뿐이었습니다.

지금 병든 상태로 누워 과거 삶을 회상하는 이 순간,
저는 깨달았습니다.
정말 자부심을 가졌던 사회적 인정과 부는

결국 닥쳐올 죽음 앞에 희미해지고 의미 없어져 간다는
것을….

어둠 속 저는 생명 연장 장치의 녹색 빛과
윙윙거리는 기계음을 보고 들으며
죽음의 신의 숨결이 다가오는 것을 느낄 수 있습니다.

이제야 저는 깨달았습니다.
생을 유지할 적당한 부를 쌓았다면
그 이후 우리는 부와 무관한 것을 추구해야 한다는 것을….

그 무엇이 부보다 더 중요하냐면
관계, 아니면 예술 또는 젊었을 때의 꿈입니다.
끝없이 부를 추구하는 것은 결국
저같이 비틀린 개인만을 남기게 됩니다.

신은 우리에게 부가 가져오는 환상이 아닌
만인이 가진 사랑을 느낄 수 있도록
감각을 선물하셨습니다.

제 인생을 통해 얻은 부를 저는 가져갈 수 없습니다.

제가 가져갈 수 있는 것은 사랑이 넘쳐나는 기억들뿐입니다.

그 기억들이야말로 여러분을 따라다니고, 여러분과 함께하고

지속할 수 있는 힘과 빛을 주는 진정한 부입니다.

사랑은 수천 마일을 넘어설 수 있고, 생에 한계는 없습니다.

가고 싶은 곳을 가고, 성취하고 싶은 높이만큼 성취하십시오.

이 모든 것이 여러분의 심장과 손에 달려 있습니다

이 세상에서 제일 비싼 침대가 무슨 침대일까요?

바로 병들어 누워 있는 침대입니다.

여러분은 여러분의 차를 운전해 줄 사람을 고용할 수 있고,

돈을 벌어 줄 사람을 구할 수도 있습니다.

하지만 여러분 대신 아파 줄 사람을 구할 수 없을 것입니다.

잃어버린 물질적인 것들은 다시 찾을 수 있습니다.

하지만 '인생'은 한번 잃어버리면

절대 되찾을 수 없는 유일한 것입니다.

한 사람이 수술대에 들어가며

본인이 끝까지 읽지 않은 유일한 책을 깨닫는데
그 책은 바로 '건강한 삶'에 대한 책입니다.

우리가 현재 삶의 어느 순간에 있든,
결국 시간이 지나면 우리는
삶이란 극의 커튼이 내려오는 순간을 맞이할 것입니다.

가족 간의 사랑을 소중히 하세요.
배우자를 사랑하세요,
친구들을 사랑하세요.
여러분 자신을 잘 대해 주세요.
타인에게 잘 대해 주세요.

스티브 잡스가 마지막으로 남긴 말에는 누구나 언젠가는 죽
는 인간의 삶에서, '삶을 풍요롭게 만들라.'는 조언이 들어 있다.
그의 말에는 '무엇을 중요하게 여길 것인가?'에 대한 요소들이
많다. 바로 이 책에서 말하는 소프트 파워의 요소들과도 일맥
상통한다. 삶을 풍요롭게 만들기 위해서는 다양한 소프트 파워
가 필요하다. 더 늦기 전에 그것을 발견하고 추구한다면 우리들
의 시간을 더 많은 풍요로움으로 채울 수 있다.

정리: 인생을 풍요롭게 만드는 시작

우리는 이따금 인생의 어느 순간들을 망각하고, 후회하고, 아쉬워한다. 그럴 때 필요한 것이 시간의 흐름과 시간에 대한 점검이다. 그리고 정리다. 점검하고 정리하지 않으면 그냥 시간이 흘러간다.

시간의 흐름에 대한 아쉬움이 크거나, 인생의 목표에 대한 포부가 큰 사람은 고민하기 시작한다. 시간을 좀 더 효율적으로 활용할 수는 없을까? 인생을 조금 더 체계적으로 만들 수는 없을까? 사람들은 자기계발서 등을 읽으면서 새로운 방법을 찾거나 시도해 본다. 그러나 자신에게 꼭 맞는 방법을 찾기란 쉽지 않다. 효율적이고 효과적인 다양한 방법이 있겠지만, 가장 우선순위에 두고 해야 할 일 중에 하나가 바로 정리다. 정리가 가장 중요한 시작점이자 가장 간단한 방법이며, 인생을 체계적으로 만들어 주는 첫걸음이다.

내가 처음 제대로 된 정리를 시도한 것은 첫 직장 입사 후 5년이 지난 시점이었다. 대학 시절의 4년은 그렇게도 길게 느껴지고 많은 추억으로 가득 채웠건만 사회생활 5년은 정말 쏜살같이 스쳐 간 느낌이 들었다. 아쉽고 허전했다. 시간을 멈추고 싶었다. 그러나 물리적인 시간을 멈출 수 없었기에 시간을 조금이라도 늦추고 싶었다.

그즈음 하루는 카페에 앉아 세 시간 동안 나의 지난 5년의 세월을 돌아보았다. 당시에 혼자 그렇게 오랫동안 시간을 가져 본 적은 처음이었다. 매우 생소했고 조금은 답답했다. 왜 그렇게 바쁘게 살았는지, 바쁠 수밖에 없는 상황이 왜 그렇게 펼쳐졌는지, 이런저런 생각들이 스쳐 지나갔다.

부정적인 생각도 올라왔다. 후회되는 일들, 자책하는 말과 행동, 타인을 향한 화살, 환경에 대한 불만, 욕심과 욕심에 대한 질책 등 수많은 생각과 감정들이 긴 열차처럼 이어졌다.

다시 마음을 다잡고 긍정적으로 돌아보기로 했다. 그러나 마음만으로는 앞으로 나아갈 수 없었다. 생각을 정리해야 다음 생각을 할 수 있다. 새로운 생각이 새로운 행동을 불러온다. 그러나 생각을 머리로만 정리하는 것은 소용이 없다. 어떤 형태로 든지 남겨야 한다. 기록한 것은 두고두고 남아 다시 보고 의지 와 행동으로 옮겨 갈 확률이 높다.

나는 생각한 것들을 글로 정리하기 시작했다. 시간의 흐름에 따른 사실, 생각, 감정, 과정, 결과 등 다양한 요소들을 생각나 는 대로 옮겼다. 아마 그때가 30대의 큰 전환점이었던 것 같다.

글을 쓸 때 우리가 갖고 있는 소프트 파워를 많이 발휘할 수 있음을 느낀다. 글로 정리하는 방법도 좋지만, 그것이 부담 스럽다면 더 간단한 방법이 있다. 특히 삶을 돌아보고 정리하 는 방법으로는 A4 용지 활용법을 추천한다.

먼저 A4 용지에 자신의 삶의 영역을 구분한다. 예를 들어 건강, 가족, 직장, 돈, 취미 등으로 현재 나의 삶의 영역을 나누 어 보는 것이다. 보통 이 단계에서 자신의 인생에서 중요한 우 선순위로 영역을 나누게 된다. 인생에서 중요한 우선순위는 가 치관이라고도 표현할 수 있는데, 이 첫 단계가 매우 중요하다. 사실 이렇게 삶의 영역만 나누어 정리해 보아도 생각이 정리되 고, 새로운 생각이 많이 떠오르게 된다.

다음 단계로 각 영역에서 현재 집중하고 있는 일들을 적는 다. 그리고 나서 앞으로 무엇을 좀 더 하고 싶은지, 무엇을 없애 고 싶은지, 무엇을 줄이거나 늘리고 싶은지 살펴보면서 적는다.

이제 마지막 단계는 새롭게 적은 것들을 삶에 적용하면 된다. 살다가 다시 삶이 복잡해진다는 생각이 들면 정리했던 삶의 영역을 중심으로 다시 점검하면 된다.

새로운 정보를 매일 접하는 것이 중요할 수도 있지만, 더 중요한 것은 자신의 삶의 영역을 자주 들여다보는 것이다. 이렇게 함으로써 우리의 삶에서 중요한 것에 좀 더 집중하고, 앞으로 나아갈 에너지를 얻을 수 있다.

또 다른 방법으로는 A4 용지 한 장을 반으로 나누어 왼쪽 편에는 인생에서 하고 싶은 것들을 적고, 다른 한쪽에는 해야만 하는 것을 적는 것이다. 다음으로 각 영역에서 단기 목표와 장기 목표를 나누고 이를 인생의 어느 시점에 반영하는 것인데, 이때 인생의 시점을 가시화해서 배치해 보는 것을 추천한다. 마찬가지로 A4 용지에 남아 있는 인생의 시간을 10년 단위로, 그리고 어느 시점에 내가 하고 싶은 것 혹은 해야만 하는 것을 할 것인지 배치해 보는 것이다.

A4 용지 활용법은 결국 자신의 생각을 가시적으로 정리해 보는 방법인데, A4 용지가 부담감을 덜어주기 때문에 생각을 꺼내볼 수 있다. 또한 이를 가시적으로 만들기 때문에 한 걸음씩 다음 생각을 만들어 나갈 수 있는 방법이다. 쉽게 활용할 수 있는 방법이니 실천해 보자.

용기: 앞으로 나아가게 하는 위대한 시작

삶의 소프트 파워 중에 용기는 앞으로 나아가게 하는 데 중요한 시작이자 마중물이다. 그러나 갑자기 용기를 내는 것이 어렵다. 용기에 대해 생각하면 두려움이라는 감정이 떠오르기도 한다. 갑자기 용기가 나지 않는 이유는 두려움이 있기 때문이다. 그렇다면 용기가 있는 사람들은 두려움이 없을까?

미국의 소설가 마크 트웨인은 "용기는 두려움을 느끼지 않는 것이 아니라 두려움에 저항해 극복하는 것이다."라고 말했다. 그렇다. 소프트 파워로써 용기란 두려움을 느끼지 않는 것이 아니라 두려움을 느끼면서도 앞으로 나아가는 능력이다.

그렇다면 앞으로 나아가기 위해 필요한 것들을 살펴봐야 한다. 먼저 자기 자신을 이해하고, 자신의 감정을 보살피는 일이 선행되어야 한다. 그리고 용기를 내는 데 있어서 가장 큰 방해물, 즉 무엇이 두려움을 만들어 내는지 알아보고 그것에 대해 내가 어떻게 생각하는지 바라보는 연습이 필요하다. 두려움의 대상을 위에서 조망하듯이 바라볼 때 두려움이 별것 아닌 게 되기도 한다. 우리는 두려움이라는 대상보다 훨씬 큰 존재이다. 충분히 앞으로 나아갈 수 있는 용기를 갖고 있다.

또 하나의 용기의 장애물을 살펴보자. 용기를 내는 데 큰 방해 요소 중 하나는 바로 좌절이다. 좌절의 의미는 무엇일까? 다음 우화에서 살펴보자.

큰 상점을 운영하는 악마가 있었다. 그의 가게는 없는 것이 없을 정도로 많은 물건을 취급하고 있었는데, 질투라는 이름의 날카로운 칼부터 탐욕이라는 이름의 활과 정욕이라는 이름의 화살들, 그 밖에 허영과 두려움, 시기와 교만이라는 이름의 갖가지 무기들이 그 용도와 가치에 맞는 가격이 매겨져서 그 가치에 상응한 위치에 진열되어 있었다.

그러나 이것들이 놓인 진열대와는 비교도 되지 않는 귀한 곳에 놓인 물건이 하나 있었다. 그것은 한눈에 보기에도 매우 날카롭고, 날이 움푹 파인 작은 쐐기였다. 그 작은 쐐기에는 '좌절'이라는 이름이 적혀 있었다. 그리고 가격 또한 악마가 가진 모든 도구의 가격을 합한 것보다 훨씬 비쌌다. 쐐기의 가격이 그렇게 비싼 이유에 대해 악마는 다음과 같이 설명해 주었다.

"이 작은 쐐기는 내가 가진 모든 무기로도 목적을 달성하지 못하고 실패하게 될 때 마지막으로 사용하는 수단이지. 이것을 인간의 의식 틈에 집어넣는 데 성공만 하면, 그동안의 실패를 뒤집어엎는 것은 식은 죽 먹기야. 작은 쐐기 하나로 목적을 달성할 수 있는 탄탄대로가 열리는 셈이지. 작고 보잘것없지만 이 쐐기야말로 내가 가진 다른 어떤 도구들보다 유용하지. 내가 이길 수 있는 기회의 문을 열어 준다니까."

_『나를 부자로 만드는 생각』 (로버트 콜리어) 중에서

희망과 긍정: 오늘도 긍정으로 희망을 선택하기

희망을 언제 꿈꾸었는가? 눈앞에 먹고사는 문제들을 해결하다 보니 희망을 꿈꾸고 희망을 이야기한 기억이 희미하다. 세상살이가 녹록지 않다. 희망을 꿈꾸기도 전에 현실의 장벽이 가로막고 의지를 무너뜨린다. 그러나 우리는 희망을 꿈꾸어야 한다. 희망을 꿈꾸지 않으면 절망과 좌절이 침범해 오기 때문이다.

희망을 온전히 꿈꾸기 위해서는 먼저 희망의 의미를 다시 살펴봐야 한다. 희망이란 어떤 의미일까? 희망(希望)은 '바라다', '기대하다'의 의미를 담고 있다. 그렇다면 '바라다' 그리고 '기대하다'의 근원에는 무엇이 있을까? 우리는 각자가 원하는 것이 다르고, 기대하는 정도와 욕구가 다양하다. 공통의 언어로 표현하면

이를 가장 깊은 곳에 있는 '인간의 욕구'라고 할 수 있다.

정신의학자와 심리학자들은 오랫동안 욕구의 근원에 대해 연구해 왔다. 지그문트 프로이트(Sigmund Freud)는 '쾌락에의 의지'가 인간에게 있어서 중요한 요소라고 말했고, 프로이트와 동시대에 연구하다 독자적인 연구를 한 알프레드 아들러(Alfred Adler)는 '권력에의 의지'를 중요한 요소로 바라봤다. 빅터 프랭클(Victor Frankl)은 그 근원을 '의미 추구의 의지'라고 주장했다. 이들 중 빅터 프랭클은 인간이 더 이상 잃을 것이 없는 상황을 실제로 체험했고, 살아 돌아왔다.

『죽음의 수용소에서』의 저자 프랭클은 2차 세계대전 당시 유대인이라는 이유로 강제수용소에 끌려갔다. 아내와 부모, 형제를 모두 잃고 자신 역시 언제 죽을지 모르는 상태에서 처절하게 인간의 심리를 마주했다. 그는 삶이 아무리 하찮더라도, 아무리 큰 힘과 권력이 방해하더라도 의미는 우리를 지탱해 주고 그 어떤 고통과 괴로움도 견딜 수 있게 해 준다고 말했다. 아무런 희망도 없을 것 같은 상황을 직접 체험하고 희망을 말하는 그의 말은 충분히 숭고한 가치가 있다. 『죽음의 수용소에서』의 원제는 '모든 시련에도 불구하고 삶을 긍정하기까지'였다. 그는 자극과 반응 사이에는 공간이 있고, 인간만이 반응을 선택할 수 있다고 생각했다. 모든 시련에도 불구하고 그는 반응의 공간을 마련하고, 삶을 긍정하며, 희망을 선택한 것이다.

2차 세계대전의 참혹한 역사적 사실을 배경으로 만들어진 영화 〈인생은 아름다워〉에서 주인공 귀도가 바라보는 희망은 가슴 아프지만, 인생을 아름답게 만들기 위해서는 희망이 중요하다는 점을 말해 준다. 귀도 역시 유대인이라는 이유로 아들 조슈아와 함께 강제수용소에 징용된다. 그럼에도 불구하고 귀도가 바라보는 희망은 아들이 희망을 가지도록 하는 것이다. 지금의 상황은 게임이고, 천 점을 획득하면 탱크를 받을 수 있다면서 전쟁 상황에서조차 아들에게 희망을 선물한다.

희망의 의미를 그 의미의 근원에서 다시 바라보자. 인간이 미래를 바라보며 앞날을 기대한다는 것은 무언가 원하는 과정과 결과가 있다는 말이다. 이때 중요한 점은 자신이 원하는 것을 알아야 한다는 것이다. 내가 원하는 것을 분명하게 알고, 추구하고자 하는 의미를 명확하게 할 때 희망은 우리에게 한 줄기 빛으로 다가온다. 인간은 이 한 줄기 빛을 바라보며 현재를 살아가기 때문에 결국 희망은 미래에 존재하는 것이 아니다. 희망은 현재에 있다. 희망의 의미를 찾고 희망을 선택하는 것이 희망의 첫걸음이다. 희망을 선택해 보자. 절망과 좌절은 저 멀리 도망갈 것이다.

삶이 무료하고 허무할 때가 왜 없을까. 희망이 안 보일 때가 왜 없을까. 살다 보면 그럴 수 있다. 우리의 현실에서는 현재의 어려움과 시련들이 나를 둘러싸고 있다. 그럼에도 불구하고 계속되는 삶을 위해, 삶의 주인공인 나를 위해 희망의 의미를 다시 한번 생각해 보고, 희망을 꿈꾸자. 희망의 빛이 나를 비추고 함께 희망찬 미래를 펼쳐 보자고 흔쾌히 손을 내밀 것이다.

감사와 감동: 우리의 삶에
온기를 불어넣는 일

    나는 삶을 이야기하는 에세이를 좋아한다. 에세이를 통해 삶의 소프트 파워에 대해 알아 가거나 소프트 파워의 기술을 습득하기도 한다. 삶을 더 풍요롭게 만드는 '감사'라는 소프트 파워에 대해 나는 류시화 시인의 에세이를 통해서 깨달았다.

    젊은 시절에는 고뇌를 통해 시를 썼고, 나이가 들어서는 삶의 깊이가 더해 가는 그의 글이 좋다고 시인은 말한다. 세상이 곧 책이었다고 말한다. 기차 안이 소설책이고, 버스 지붕과 들판과 외딴 마을들이 시집이었다고. 책장을 넘기면 언제나 새로운 길이 나타났고, 어디에나 책이 있었다고 말한다. 그 책은 시간과 풍경으로 인쇄되고, 아름다움과 기쁨과 슬픔 같은 것들로 제본된 책이었다고 이야기한다. 얼마나 아름다운 비유인가. 시인의 시선과 그것을 담아낸 글을 읽으면서 내 삶은 더 풍요로워진다.

그의 글을 통해 당연하다고 생각하거나, 평소에는 깨닫지 못했던 감사하는 마음에 대해 생각해 보고 그 마음을 표현해 본다. 자신을 '지구별 여행자'라고 말하는 그를 통해서 다시금 감사하게 되는 것들이 많다. 그와 같은 지구별 여행자로서 오늘도 감사하게 그리고 즐겁게 여행한다.

> "여행은 얼마나 좋은 곳을 갔는가가 아니라 그곳에서 누구를 만나고 얼마나 자주 그 장소에 가슴을 갖다 대었는가다."
>
> _ 시인 류시화

서른여섯 살에 배낭을 메고 동유럽 9개 국가 19개 도시를 45일간 여행했다. 인생에 지쳐 인생의 방학을 스스로 마련하고 떠난 여행이었다. 류시화 시인이 자극해 준 지구별 여행자의 관점이 소프트 파워로 발휘되어 초등학교 시절 동시를 쓴 이후로 정말 오랜만에 시를 썼다. 시 안에는 이미 갖고 있는 감사와 행복이 있었다.

인생이라는 여행은 선물이다

배낭여행을 하면서 내가 가는 곳마다 선물이 있었다
따뜻한 햇살이 선물이었고
시원한 바람이 선물이었으며
흐르는 강물을 바라볼 수 있는 것도 선물이었다

황홀한 석양을 바라보는 게 선물이었고
아름다운 야경을 감상하는 것도 선물이었으며
풍경을 바라보며 산책할 수 있는 여유도 선물이었다

지나가는 사람들의 미소가 선물이었고
함께 살아 있고 함께 살아가는 것이 선물이었으며
지금 건강하게 걷고 있는 것도 선물이었다

지나가다 누가 흥얼거리는 멜로디가 선물이었고
거리의 악사가 연주하는 음악이 선물이었으며
누군가와 만나 대화를 할 수 있는 것도 선물이었다

이렇게 여유롭게 생각할 수 있는 시간이 있는 것이 선물
이었다
나는 왜 생각이 많지라는 자신의 채찍질이 아닌
그냥 생각하는 시간이 좋았다
그건 모두 선물이었다

사실 내가 받은 선물들은
모두 내 마음에서 나온 것들이었다
삶도 그렇지 않을까.
모든 것을 선물로 받아들이며
우리는 이미 받은 선물이 많고
지금도 선물을 받고 있으며
앞으로도 받을 선물들이 가득하다

Present(선물)가 이미 Present(현재)에 있고
Present(존재한다)라는 말을
나는 많이 듣고도
이번 여행에서 다시 깨달았다

여행은 그런 것이다

이미 아는 것도 다시 몸과 마음에 새기는 것.

지금, 여기를 살자
더 열정적으로 지금, 여기를 살자
지금, 여기에서 이미 존재하는 수많은 선물들을
느끼고 바라보며 살아야겠다.

자신에게 보내는 감사와 함께 상대에게 보내는 감사도 우리를 부드럽고 유연하게 만들고, 우리의 삶을 풍요롭게 만든다. 상대에게 감사만 잘 표현해도 마음을 열게 할 수 있다. 일상에서 작은 감사의 표현을 할 때도 조금 더 구체적으로 표현하는 것이 좋다. 단순히 "감사합니다."라고 하기보다는 "어떤 점이 정말 고마웠다."라고 구체적으로 표현하는 것이다.

감사와 함께 감동은 우리 삶을 풍요로 이끈다. 생각보다 많은 이들이 대단하게 큰일에 감동하기보다는 작은 일에 감동을 느낀다. 따뜻한 말 한마디, 위로가 담긴 포옹이나 눈빛 등으로도 얼마든지 감동을 전할 수 있다. 다음과 같은 질문을 자신에게 해보자.

- '최근 일주일 동안 나는 누군가에게 감동을 준 적이 있는

가?'

    – '최근 일주일 동안 나는 감동한 적이 있는가?'

    바쁘고 여유가 없는 삶이 지치기도 하겠지만, 그보다 더 큰 문제는 나의 마음속에 누군가를 생각할 만한 여유가 없다는 점이 아닐까. 때로는 누군가에게 작은 감동이라도 주려는 노력이 우리의 삶을 풍요롭게 만들 수 있다. 또 이를 통해 살아있음을 더 깊이 있게 느낄 수 있다. 누군가에게 작은 감동을 선사할 때 자신에게도 흐뭇한 마음이 선물이 되어 되돌아온다.

    하루하루를 감사와 감동으로 채우는 것만으로도 우리의 삶은 더 멋진 항해를 해나갈 것이다.

행복: 스스로 만족하고 행복할 수 있는 능력

괜스레 그런 날이 있다. 행복에 대해서 더 고민하게 되는 날. 그런 날에는 '나는 지금 행복한가?'라는 질문을 두고 괜한 생각에 사로잡힌다. 어쩌면 나의 생각과 의지와는 달리 더 빈번하게 행복에 대한 질문과 마주하고 있는지도 모른다. 미디어에서, 책에서, 누군가와의 대화에서 행복은 주된 화두이기 때문이다. 그런 날이면 나는 스스로에게 묻곤 했다.

'나는 지금 행복한가?'

그런데 요즘 들어 내가 행복에 관해 나에게 자주 하는 질문하나가 있다.

'나는 이미 존재하는 행복한 이유를 잘 바라보고 있는가?'

행복에서 중요한 것은 어떤 연구 결과나 이론이 아닌, 자신이 느끼는 행복의 빈도라고 생각한다. 행복은 그 정도에 상관없이 얼마나 자주 느끼느냐에 따라 우리의 삶이 행복하게 이어진다. 잦은 빈도로 행복을 느낀다는 말은 자신이 행복감을 느끼는 여러 상황이나 이유에 대해 잘 알고 있고 온전히 그것을 받아들인다는 뜻이다.

행복은 과거나 미래에 있지 않다. 지금 현재 느낄 수 있는 것이 바로 행복감이다. 행복감을 느끼는 것은 굉장히 주관적인 상태이므로, 사람마다 행복을 느끼는 상황이나 이유는 다를 수밖에 없다. 그러나 사실 이미 우리 삶에 이미 존재하거나 지금 느낄 수 있는 행복의 이유는 저마다 찾아보면 많을 것이다. 만약 행복감을 자주 느끼지 못하는 사람이라면, 행복의 이유를 너무 큰 데서 찾거나 미래에 더 큰 행복을 느끼기 위해 현재의 삶을 너무 많이 희생하고 있을 가능성이 높다. 그러나 일상의 행복은 오늘 느끼지 못하면 영원히 흘러가 버리고 만다.

물론 이 말이 어떤 목표나 목적을 위해 지금 어렵고 힘든 일을 참지 말라는 뜻은 아니다. 어차피 삶의 시간은 흐른다. 그러기에 지금, 여기에서 행복할 이유도 함께 찾으며 존재하라는 말이다. 지금 이 순간에 행복할 이유를 찾기 위해 노력하면 충분히 더 행복해질 수 있다. 나는 구체적인 노력을 하기 위해 흘러가는 행복도 좋지만, 지금의 행복을 기록해서 미래의 행복을 더 만끽하고 싶었다. 앞에서 자기이해와 자기분석을 위해 나를 위한 노트 한 권을 말한 것처럼, 내가 좋아하는 것 백 가지를 기록해 나갈 마음을 먹고 써나갔다. 처음에는 단순히 떠오르는 대로 노트에 적고 스마트폰에 기록했다. 그리고 어느 시점에서는 조금 더 확장해서 내가 좋아하는 백 가지 카테고리를 만들고 각 카테고리에 구체적으로 좋아하는 것을 기록해 나갔다. 여전히 채워가고 있는데, 기록하면서 느끼는 것은 역시 이미 갖고 있는 행복들이다.

> "내가 싫어하는 것 백 가지를 적으면 싫은 것들이 내 주위를 에워쌀 것이다. 대신 좋아하는 것 백 가지를 적는다면, 내가 좋아하는 것들이 하루하루를 채워 나갈 것이다."
>
> _ 『내가 생각한 인생이 아니야』 (류시화)

행복지수 세계 1위의 나라 덴마크. 그들의 행복지수가 유독 높은 이유는 무엇일까? 덴마크는 복지 수준이 꽤나 높은 나라에 속한다. 그것이 국민들의 행복지수를 높이는 데 큰 역할을 하겠지만, 이것만으로 설명될 수는 없을 것이다. 왜냐하면 덴마크의 복지모델이나 그 외의 특징들은 다른 북유럽 국가에서도 찾아볼 수 있기 때문이다.

그렇다면 그들의 삶의 모습을 들여다볼 필요가 있다. 『Hygge Life』의 저자 마이크 비킹은 덴마크 국민들의 행복지수가 높은 가장 큰 비결을 '휘게'라고 보았다.

휘게(Hygge)란 무엇일까? 휘게는 간소한 것 그리고 느린 것과 관련이 있다. 휘게는 새것보다는 오래된 것, 화려한 것보다는 단순한 것, 자극적인 것보다는 은은한 분위기에 더 가깝다. 예를 들면, 크리스마스이브에 잠옷을 입고 영화 〈반지의 제왕〉을 보는 것, 좋아하는 차를 마시면서 창가에 앉아 창밖을 바라보는 것, 여름휴가 기간에 친구나 가족들과 함께 모여 모닥불을 피우는 것 등이 모두 휘게에 해당한다.

다시 말해 휘게란 일상에서 행복을 추구하는 소소한 것들을 말한다. 여기에서 중요한 것은 누군가와 함께하는 것이다. 간소한 물건과 느리고 단순한 삶에서 행복의 이유를 찾고, 좋은 사람들끼리 좋은 에너지를 함께 나눈다. 그리고 지금 이 순간을 감사하게 여긴다. 덴마크 사람들은 이를 형용사 형태로 '휘겔리(hyggeligt)'라고 표현한다. 그리고 이렇게 말한다.

"오늘 정말 휘겔리한 걸!"

나는 삶에서 소소하지만 휘겔리한 것들을 더 잦은 빈도로 느껴보려는 관심을 기울인다. 이미 내 앞에 펼쳐지고 있는 일들과 더불어, 함께 느낄 수 있는 것들을 만끽해 본다. 다시금 나에게 질문을 던져본다.

"나는 이미 존재하는 행복한 이유를 잘 바라보고 있는가?"

나는 고개를 끄덕이며 대답한다. 그 순간은 바로 지금 그리고 이곳이라고.

배움: 비교가 아닌 배움을 선택하기

우리는 살다 보면 누군가가 부러울 때도 있다. 내가 하고 싶었던 일을 누군가가 해내고, 내가 갖고 싶었던 것을 누군가가 소유하며, 내가 바라왔던 일이 누군가에게 펼쳐질 때 우리에게는 부러운 마음이 생긴다. 부러운 마음을 넘어서서 그 사람을 질투하는 마음이 생기기도 한다.

인간은 왜 이토록 누군가를 시기하고 질투하는 걸까? 프랑스의 사상가이자 철학자였던 장 자크 루소는 그의 책 『인간 불평등 기원론』에서 "자연 상태에서 인간은 서로에게 연민을 느끼는 평등한 존재"라고 말했다. 그런데 소유와 경쟁 때문에 우열이 극명해지면서 질투심과 불행감이 생겨나고, 그로 인해 분쟁과 약탈이 일어나 인간이 사악한 존재로 변했다는 것이다.

한편 독일의 철학자 니체는 인간의 마음속에 있는 질투심과 불행감을 '르상티망(ressentiment)'이라고 불렀다고 한다. 인간 본성의 비합리적 측면, 특히 격정(激情)의 구실을 중시한 니체는 권력 의지에 의해 촉발된 강자의 공격욕에 대한 약자의 격정으로 이를 해석하였다고 한다.

사람들은 누구나 행복하기를 바라기 때문에 나보다 더 상황이나 형편이 나아 보이는 누군가와 나를 비교하며 시기와 질투를 하기도 하는데, 아이러니하게도 이런 과정은 행복으로 가는 길이 아니다. 행복의 첫걸음은 다른 사람들과 자신을, 혹은 누군가의 형편과 자신의 형편을 비교하지 않는 것이라고 나는 생각한다.

소설 『꾸뻬 씨의 행복 여행』에서 주인공 꾸뻬 씨는 정신과 의사다. 그는 세상 어느 곳보다 정신과 의사가 많은 도시에서 살고 있다. 그의 진료소는 치료를 원하는 환자들로 넘쳐난다. 그러나 그는 다른 사람이 좀 더 행복할 수 있도록 도와주면서 정작 자신은 행복하지 않았다. 꾸뻬 씨는 자신을 행복하게 해 줄 여행을 떠난다. 그리고 그 여정에서 행복을 위한 배움을 이어 나간다. 그중 첫 번째 배움이 바로 타인과 자신을 비교하지 않는 것이다.

배움 1. 행복의 첫 번째 비밀은 자신을 다른 사람과 비교하
지 않는 것이다.

그렇다면 나 자신을 다른 사람들과 비교하지 않기 위해 '나
는 남과 나를 비교하지 않겠어.'라고 계속 다짐만 하면 되는 걸
까? 이 다짐을 더욱 단단하게 하기 위해서는 먼저 남과 자신을
비교하는 것이 아무런 의미가 없음을 알아야 한다. 『감정을 다
스리는 사람, 감정에 휘둘리는 사람』의 저자 함규정 박사는 자
신의 책에서 이에 대해 쉽게 설명해 준다.

> "자신을 타인과 같은 선상에 놓고 비교하고 열등감을
> 느끼는 것만큼 어리석은 일은 없다. 왜냐하면 누군가와
> 자신을 비교할 때는 대부분 타인의 강점을 자신과 비교
> 하기 때문이다. 그렇기 때문에 백 퍼센트 자신에게 불리
> 할 수밖에 없는 게임이다."

_ 『감정을 다스리는 사람, 감정에 휘둘리는 사람』 (함규정)

이처럼 우리가 누군가와 무의식적으로 했던 비교의 대부분
은 사실 그 사람의 강점과 나의 약점을 비교하는 것이기에 그

것이 무의미하다는 뜻이다. 어쩐지 마음이 한결 가벼워지는 것 같지 않은가?

문득 사회 초년생일 때의 일이 떠오른다. 신입 사원으로 부서 배치를 받고 다른 미생들과 마찬가지로 하루하루가 긴장의 연속이었다. 나는 입사할 때의 포부와 열정을 여전히 뿜어내는 신입 사원이었지만, 막상 부서 배치를 받고 나니 마음이 움츠러들었다. '내가 이 큰 조직에서 잘 해낼 수 있을까?', '이렇게 일을 잘하는 사람들 속에서 나도 내 역할을 잘해야 할 텐데…….' 라며 나는 스스로를 힘들게 만들었다.

그러다가 하루는 곰곰이 생각해 봤다. 이렇게 혼자서 움츠러들고 자신 없는 모습만 키워 나가다가는 정말이지 악순환의 고리를 끊을 수 없을 것만 같았다. 나는 새로운 전략을 세웠다. 그것은 비교가 아닌 배움을 선택하는 것이었다. 나는 다른 사람들이 잘하는 것들을 배워서 내 것으로 만들기로 했다. 일을 체계화하여 잘 처리하는 사람, 보고서를 잘 쓰는 사람, 회의 시간에 조리 있게 말하는 사람, 소통을 잘하는 사람, 엑셀이나 파워포인트 등의 문서 작업을 신속하게 하는 사람 등 회사에는 능력자가 아주 많았다. 나는 그들에게서 끊임없이 배웠고, 그들은 나의 성장을 위한 아주 소중한 사람들이 되었다.

다른 누군가처럼 되기보다는 진정한 내가 되고, 필요하다면 타인을 통해 나를 돌아보며 지금보다 더 잘할 수 있도록 노력해 보자. 어제보다 나은 내가 되기 위해 비교가 아닌, 배움을 선택 하고 노력한다면 조금은 더 성숙해질 것이고, 이러한 과정을 통 해 우리는 좀 더 자유롭고 행복해질 것이다.

평범함: 평범함의 소중함

참가했던 교육 과정에서 자신의 고난에 대해서 공유하는 시간이 있었다. 어떤 이는 가족 때문에, 어떤 이는 자신의 잘못된 선택 때문에 힘들다며 고난을 공유했다. 사람마다 고난은 다르지만, 고난을 공유하는 과정에서 말랑말랑한 자극을 받았다.

그분은 평범한 행복을 찾아서 여러 노력과 도전을 했지만, 매번 실패했다고 한다. 그리고 돌고 돌아 다시 남들처럼 평범한 삶을 살고 있는데, 돌고 돌아서 느낀 것이 바로 평범함의 소중함이라고 했다. 수능 시험을 다섯 번이나 보고 처음에 합격했던 대학에 다시 갔을 때가 그 시작이었다고 고백했다.

삶에서 평범한 행복의 소중함을 머릿속으로는 알고 있지만,

직접 느끼기 어려운 순간이 많다. 평범하게 살기 위해서 노력한 과정도 충분히 인정할 만한 소중한 과정이고, 또한 이미 누리고 있는 평범한 것들도 정말 소중하다. 도전도 좋고 목표도 좋지만, 너무 앞만 보고 이미 갖고 있는 평범함의 소중함을 지나치는 것은 아닌지 스스로를 자극해 볼 필요가 있지 않을까.

작은 것, 평범한 것 속에서 행복이 시작된다. 그러므로 작고 소소한 것, 평범한 것의 소중함을 알고, 여기서 행복을 찾아야 한다. 실제로 많은 사람들이 자신이 어디서 행복감을 느끼는지 잘 모르는 경우가 많다. 또 이에 관해 별로 생각해 보지 않는 경우도 많다.

내가 갖고 있는 평범한 행복을 노트에 적어보자. 과연 나는 언제 행복한지 적어보자. 행복해지는 방법에 대해 먼저 찾을 것이 아니라 과연 나는 언제 행복한 감정, 만족스러운 감정을 느끼는지를 발견하는 것이 우선이다. 천천히 시간을 갖고 생각해 볼 일이다.

서울대학교 행복연구센터장인 최인철 교수는 『굿 라이프』에서 행복의 의미는 쾌족(快足), 즉 '좋은 기분과 만족'이라고 표현했다. 그의 말처럼 우리는 행복이라는 조금은 추상적인 의미보다는 우리가 언제 좋은 기분을 느끼고 만족하는지에 집중하는 것이 좋다.

거창하게 인생의 목표를 정하고 달성했을 때만 행복을 느낄 수 있는 것은 아니다. 목표를 달성했을 때 대단한 행복을 기대하기보다는 그 여정에서 소소한 행복을 자주 느끼는 것이 더 중요하지 않을까. 지금 바로 노트를 펼쳐서 적어보자. 때때로 우울감을 느끼거나 기분이 울적할 때 나에게 만족감을 주는 것들을 느껴보거나 시도해 보는 것도 우리의 삶에서 실천이 필요한 소프트 파워이다.

선택: 결정하는 힘

인생은 선택의 연속이다. "B(birth)와 D(death) 사이에 있는 C(choice)가 우리의 인생"이라는 말처럼, 우리의 삶은 정말이지 선택의 연속이다. 그렇기 때문에 그 선택의 합이 지금 여기이며, 바로 우리 자신이다. 즉, 우리의 선택에 따라 우리 인생이 뒤바뀌기도 한다. 때로는 잘못된 선택으로 깊은 구렁텅이에 빠지기도 하고, 어렵사리 그 구렁텅이에서 빠져나와 자신을 돌아보며 세상을 이전과는 다른 시각으로 바라보고 새로운 선택을 하기도 한다. 한 번 시행착오를 겪었다고 해서 다시 어려움에 빠지지 않는다는 법도 없다. 또다시 잘못된 선택을 하고 후회할 수도 있다.

그만큼 우리의 삶에서 선택은 중요하다. 그런데 중요한 선택 앞에서는 결정하는 힘이 필요하다. 힘이 필요하다는 말은 그만큼 결정이 쉽지 않다는 것이다. 우리의 인생에 쉬운 선택만 있으면 좋겠지만 그렇지 않다. 진로 선택, 직업 선택, 회사 선택, 사람 선택, 말과 행동의 선택 등은 모두 삶의 전반에 걸쳐 중요한 선택들이다. 따라서 선택하는 힘 역시 우리의 삶에 필요한 소프트 파워이다. 선택을 잘하기 위해서는 어떻게 해야 할까?

미래로 가 볼 수만 있다면 가장 좋겠다. 실제 미래로 가 볼 수는 없지만 대신 미래 시점으로 최대한 시뮬레이션해 보는 방법이 있다. 시뮬레이션이라는 것은 여러 경우의 수 혹은 상황을 떠올려 보고 구체적으로 생각을 이어 가는 것이다. 주의할 점은 감정적으로 접근하기보다는 객관적으로 접근하는 것이다. 물론 선택하는 과정에서 자신의 직관이 크게 작용할 가능성이 있지만, 그래도 다양한 관점에서 생각해 보고 결정하는 것이 리스크를 줄이고 좋은 결과를 만들어 낼 수 있다. 만약 경우의 수를 더 많이 생각해 보거나 다른 자극을 받고 싶다면, 자신보다 경험이 많은 사람에게 질문하는 방법을 추천한다. 질문하는 과정에서 자신의 생각이 정리되거나 새로운 방향을 떠올려 볼 수 있다.

정보를 충분히 조사하고 선택지를 살펴보며 연결성을 높이는 과정에서 계속해서 고민이 된다면 눈에 보이도록 기록해 보는 것이 좋다. 각각의 선택에 따른 상황을 경우의 수로 만들어 카테고리를 설정하고 기록해 보는 것이다. 이때 각 상황의 장점과 단점을 적고 중요한 요소들을 상세하게 살펴본다. 이 과정에서 필요한 정보를 더 찾아보거나, 인터뷰하거나 새롭게 고민해 볼 영역을 확장할 수도 있다.

이 외에도 다양한 방법을 동원하여 선택에 필요한 과정을 이어 나가되, 가장 중요한 점은 선택의 마지노선을 정하는 것이다. 언제까지는 반드시 선택하겠다는 다짐을 하고, 마지노선 전에 가능한 한 정리하는 시간을 가지는 것이 좋다.

사실 지금까지 설명한 선택에 도움이 되는 방법은 주로 회사라는 조직에서 사용하는 프로세스다. 그런데 회사에서는 그렇게 열심히 자료 조사하고, 인터뷰하고, 몇 단계의 검토를 거치면서 우리 삶에서 아주 중요한 선택에 대해서는 많은 이들이 오랜 시간 고심하지 않는 것 같다. 중요한 선택의 순간에 조금만 더 애정을 갖고 시간과 에너지를 투자한다면 직관에만 의존하지 않는 훌륭한 소프트 파워로써 결정하는 힘을 키울 수 있다.

정신력: 유리 멘탈 극복하기

살다 보면 유독 멘탈 관리가 되지 않는 날이 있다. 그런 날
에는 인간으로서 자신이 얼마나 나약한지 느끼게 된다. 왠지 무
엇 하나 생각대로 되지 않는 것만 같고, 자신도 모르게 신체적
인 반응이 일어나기도 한다. 이러한 과정이 반복되면 우리의 에
고는 이에 대한 작용으로 자신을 정신적으로 공격하게 된다.

누구든지 간에 강철 멘탈을 소유할 수 있다면 좋겠지만, 사
람마다 멘탈의 역치가 다르니 어쩔 수 없는 일이다. 또한 상황
에 따라 반응성이 달라질 수 있는 것 역시 큰 변수다. 이렇듯
유리처럼 깨지기 쉬운 멘탈을 극복하기 위해서는 연습이 필요
하다. 소프트 파워로써 멘탈 관리에 대해 이해하고, 어떻게 하

는 것이 나에게 필요한 연습인지 알아야 한다.

'오늘의 내 모습은 바로 어제까지 내가 살아온 결과물'이라는 말이 있다. 만약 지금껏 잘 살아왔고 현재 자신의 모습이 만족스럽다면 이 말이 좋게 다가올 것이다. 반면 지금 자신의 모습이 불만족스럽고 반성이 된다면 한 번쯤 곱씹어 볼 말이다. 하지만 그렇다고 해서 자신을 향해 계속해서 화살을 쏠 필요는 없다. 이제부터라도 나에 대해, 나의 시간에 대해 그리고 나의 인생에 대해 책임감을 갖는 것이 중요하다.

다음 단계는 자신에게 보낼 메시지를 선택하는 것인데, '내 인생은 나에게 달렸다.'라는 메시지를 추천해 주고 싶다. 이것은 달리 말하면 '내 인생은 내가 충분히 바꿔 나갈 수 있다.'는 의미다.

쉽게 부서지고 나약해진 멘탈은 부정적인 정신 습관 때문일 가능성이 크다. 정신 습관은 비슷한 경험이 중첩되어 생긴 생각의 경향을 말하는데, 이것이 부정적으로 반복되면 멘탈이 약해질 수밖에 없다.

한국보건사회연구원에 따르면, 사실 이와 같은 정신적 습관은 대부분의 사람들이 가지고 있다고 한다. 예를 들어, 인지적 오류로써 '하나를 보면 열을 알 수 있다.', '이야기를 멈추는 걸 보니 내 흉을 보고 있었구나.'와 같은 정신적 습관은 90.9%나

된다고 한다. 또 '나는 가치 없는 인간이야.', '나는 어떤 일도 끝까지 해낼 수 없어.'와 같은 자신에 대한 부정적 사고의 보유율은 60.1%나 된다. 각 영역별로 습관의 강도 역시 높기 때문에 자주 이러한 생각을 한다는 뜻이다.

그 외에 다양한 정신적 습관의 형태를 살펴보면, 적어도 한 번쯤은 혹은 여러 번 자신에게 했던 반응이다. 따라서 여기에서 우리가 가져야 할 관점은 '그럴 수도 있다.', '나만 그런 건 아니다.'와 같이 포용적인 관점이다. 인간이기 때문에 누구나 그럴 수 있는 것이다. 다만, 이를 이해하고 조절할 수 있도록 작은 연습부터 실천하는 것이 정신 습관과 관련해 현명한 소프트 파워를 장착하는 길이다. 이러한 연습을 통해 우리는 유리 멘탈을 극복하고 건강한 정신습관을 장착할 수도 있다.

정신 습관에 영향을 미치는 요소를 살펴보면 크게 네 가지로 나눌 수 있다. 그것은 타고난 기질, 성장 환경, 부모의 양육 방식, 경험이다. 이 중 경험을 제외하면 지금 바꿀 수 있는 것이 없다. 그러나 경험은 바꿀 수 있다. 경험에 포함되는 것이 바로 부정적 정신 습관이다. 경험을 어떻게 바라보고 해석하느냐 역시 정신 습관에 해당하며, 앞으로 어떤 경험을 해야겠다고 생각할 때 이를 어떻게 바라보느냐도 정신 습관과 관련된다. 따라서 우리는 경험에 대한 관점을 새롭게 바꾸어야 쉽게 부서지는 멘탈을 극복하고 관리할 수 있다.

그런데 우리의 경험 중 기분 좋은 경험보다는 대부분 고통스러운 경험이 부정적 정신 습관으로 이어질 확률이 높다. 이러한 점에 대해서도 인식하고 난 뒤에 자신의 멘탈을 강화하기 위해 도움이 될 만한 것들을 정리해 보는 것이 좋다.

물론 쉽게 부서지는 멘탈은 하루아침에 극복되지 않는다. 자신을 포함한 세상을 인식하는 관점의 전환은 물론이고 자존감 향상, 자기이해를 위한 다양한 시도 등 다각도의 노력이 필요하다.

이제부터 유리 멘탈 극복 프로젝트를 시작해 보는 것은 어떨까.

회복 탄력성: 실패를 딛고 일어서는 긍정의 힘

현대인들은 스트레스 요인이 점차 많아지고 사회와 관계가 복잡해지면서 피로감을 호소하고 있다. 성과주의를 신봉하는 현대사회에서 인간은 점차 자기 자신을 끊임없이 착취하면서 피로사회로 더 깊숙이 들어가고 있다. 극도의 피로감을 호소하는 현대인들의 피로감을 풀어 주고 고갈된 정신적 에너지를 다시 채울 수 있는 방법은 없을까?

심리학에서 회복 탄력성은 '정신적 저항력'을 의미한다. 『회복탄력성』의 저자 김주환 교수는 회복 탄력성에 관심을 가지고 많은 연구를 거듭했다. '다시 튀어 오르거나 원래 상태로 되돌아온다.'는 뜻을 가진 회복 탄력성은 '스트레스나 역경에 대한 정신적 면역성, 내·외적 자원을 효과적으로 활용할 수 있는 능력, 성숙한 경험으로 바꿀 수 있는 능력' 등의 개념을 내포하고 있다. 포괄적으로는 '곤란에 직면했을 때 이를 극복하고 환경에 적응하여 정신적으로 성장하는 능력'이라고 할 수 있다.

김주환 교수는 자신의 저서에서 회복 탄력성의 핵심 요인으로 다양한 연구 사례를 소개하는데, 심리학자 에미 워너(Emmy Werner)의 연구가 인상 깊다. 그는 하와이 군도 중 북서쪽 끝 둘레 50km쯤 인구 3만 명의 카우아이 섬에서 종단연구를 진행했다. 연구를 위해 1955년 카우아이 섬에서 태어난 모든 신생아 833명을 전수조사했는데, 아이들이 30세가 넘은 성인이 될 때까지 698명이 조사 대상으로 끝까지 남았다고 한다.

카우아이 섬은 하와이 군도가 미국의 50번째 주로 편입되기 전의 오지로, 지독한 가난과 질병이 만연하고, 주민 대다수가 범죄자나 알코올중독자, 정신질환자 등인 환경과 경제적 조건이 열악한 지역이었다. 사실 연구 초기의 가설은 이러한 열악한 환경에서 '어떠한 요인이 한 인간을 사회적 부적응자로 만들며, 그들의 삶을 불행으로 이끄는가?'라는 질문을 바탕으로 한다.

에미 워너 교수는 좀 더 극단적으로 열악한 환경에서 자란 201명을 고위험군으로 추려내서 살펴봤다. 그랬더니 확실히 고

위험군의 아이들이 나머지 아이들에 비해 훨씬 높은 비율로 사회 부적응자가 되었다고 한다. 그러나 아이들의 문제행동과 아이들이 겪은 시련 사이에 구체적인 인과관계가 확인되지 않은 점이 특이했다. 즉, 문제를 일으키지 않은 아이들이 72명이나 있었다. 예외라고 하기에는 고위험군 201명의 3분의 1에 해당하는 많은 수다. 이들은 비슷하게 시련과 역경을 잘 이겨 내고 살아가고 있었다. 여기에서 발견한 것이 역경을 이겨 낼 수 있는 공통적인 속성인 '회복 탄력성'이다. 이는 연구의 가설 질문을 바꾸고 얻어 낸 값진 결과였다. 초기의 '무엇이 아이들을 사회 부적응자로 만드는가?'라는 질문을 '무엇이 역경에도 불구하고 아이들을 정상적으로 유지시켜 주는가?'로 관점을 바꿔서 다시 질문한 것이다.

에미 워너 교수는 40년간의 연구 결과로서 "회복 탄력성의 핵심 요인은 인간관계"라고 주장했다. 성장 과정에서 높은 회복 탄력성을 보인 아이들은 그 아이의 입장을 무조건적으로 이해해 주고 받아 주는 어른이 적어도 그 아이의 인생 중 한 명은 있었다고 한다.

행복에 대해서도 그렇고, 다양한 삶의 영역에서도 중요한 영향력을 발휘하는 인간관계가 결국 회복 탄력성에도 큰 영향을 미치는 것이다. 우리는 각자의 삶에서 나의 회복 탄력성을 위해 언제든 충분히 대화하고 이해와 공감을 주고받을 수 있는 사람이 있는지 살펴볼 일이다. 만약 그런 사람이 없다고 생각된다면 스스로 변호하고 노력해 볼 문제다.

에미 워너 교수의 연구에 따르면, 사람마다 회복 탄력성에는 차이가 있지만, 어린 시절 부모나 가족들로부터 헌신적인 사랑과 신뢰를 받고 자란 사람은 회복 탄력성이 높다고 한다. 한편 회복 탄력성은 어른이 된 이후에도 스스로의 노력과 훈련에 의해서 얼마든지 높아질 수 있다고 한다. 개인의 노력으로도 얼마든지 회복 탄력성을 기를 수 있다니 반가운 소식이 아닐 수 없다. 그러니 본인의 회복 탄력성이 낮다고 생각된다면, 지금이라도 늦지 않았으니 다양한 훈련과 꾸준한 노력을 통해 회복 탄력성을 높여 보자.

생각: 생각을 확장하는 기술

　나는 어려서부터 특별히 책을 좋아하는 아이는 아니었다. 책을 읽는 것은 익숙하지 않았고, 좋아하지도 않았다. 하지만 생각을 잘하고 싶은 욕구는 늘 있었다. 생각을 잘하면 무언가 잘할 수 있는 것들이 많아질 것이라고 생각했다. 혼자 생각에 잠기는 일이 많았는데, 왠지 생각하는 시간이 많아질수록 마음속의 허기와 답답함도 커져만 갔다. 그때 내 눈에 들어온 것이 책이었다.

　책을 읽는 다양한 목적 중에 사고력의 확장을 위한 것이라는 주장이 나의 관심을 끌었다. 그날부터 어떤 종류의 책이든 사고력 확장에 도움을 준다는 생각으로 이어졌다. 생각이 바뀌어야 행동이 바뀌고, 행동이 바뀌어야 습관이 바뀌며, 습관이 바뀌어야 인생이 바뀐다는 말을 한 번쯤은 들어봤을 것이다. 이 말은 우리 인생에서 아주 중요한 시작점의 하나인 생각의 중요성을 말해 준다. 그런데 이를 이해하더라도 생각과 사고를 확장하는 힘이 없다면 선순환이 이루어지기 어렵다.

생각을 확장하기 위해서는 우선 생각하는 시간을 확보해야 한다. 하지만 최근에는 스마트폰, 테블릿 PC, 노트북 등 다양한 기기와 매체로 인하여 너무 많은 정보가 우리의 뇌를 자극하곤 한다. 그만큼 생각할 수 있는 여유를 갖기가 쉽지 않다. 이렇게 갖가지 기기와 매체들이 도처에서 우리들을 유혹하고 있지만, 생각을 확장하기 위한 시간을 조금씩 내고 천천히 실행할 수 있도록 노력해 보자.

다음 방법으로는 어떤 종류든 책을 읽는 것이다. 한 권의 책을 통해 우리는 저자의 세상은 물론 그가 만나 온 다양한 세상과 사람, 생각들을 만나 볼 수 있다. 이 과정에서 분명히 새로운 만남과 연결이 생기고 새로운 생각을 하게 된다. 한 권의 책을 무조건 끝까지 다 읽거나 무조건 많이 읽기를 정해 두지 않는 독서의 유연성도 필요하다. 스스로에게 부담을 준다면 다음 단계로 나아가기 어렵다.

또한 생각을 확장하는 효과적인 방법 중 하나는 기록하는 것이다. 이왕이면 자신이 생각했던 것들에 대해서 적는 것이 좋다. 왜냐하면 자신이 생각하거나 경험한 것 등 익숙한 것을 실행하는 것이 더 쉬우며, 일단 실행으로 옮겨지면 단기간에는 생각의 확장성이 넓어질 확률이 높기 때문이다. 기록의 또 한 가지 좋은 점은 생각의 소모적인 반복을 줄여 주고, 오히려 새로운 연결의 가능성을 높인다는 것이다. 즉, 내가 기록했던 것들을 다시 볼 때 빠르게 생각을 불러올 수 있고, 다시 빠르게 새로운 연결을 만들어 낼 수 있다.

마지막으로 생각을 확장하는 아주 좋은 방법 중 하나는 타인과 대화하는 것이다. 원래 알던 사람과 새로운 주제에 대해서 열린 질문과 사고로 대화해 보거나 새로운 관심이 있었던 주제에 관해서 대화해 보는 것이다. 타인과의 대화란 서로의 새로운 세계가 만나는 과정이다. 이 과정에서 새로운 연결은 분명히 일어난다. 다만 이때 주의할 점은 섣불리 상황이나 사실, 상대를 판단하지 말고 대화해 나가야 한다는 것이다. 다양한 삶의 소프트 파워를 활용해서 대화한다면 더 큰 가능성으로 생각을 확장할 수 있을 것이다.

마음챙김: 지금 이 순간에 집중하기

어느덧 시간이 훌쩍 지나버릴 때마다 나는 인생을 충분히 느끼지 못하고 있다고 생각했다. 그저 지난 일들 가운데 후회되는 일은 아쉬워하고, 다가올 미래에 대해서는 두려워하기를 반복했다. 어차피 흘러가는 시간을 멈춰 세울 수는 없으니, 나는 순간순간을 충분히 느끼고 싶었다. 그러나 특별한 방법을 알 수 없었던 나는 소중한 시간을 예전처럼 흘려보내고 있을 뿐이었다. 그러다가 문득 나는 그 방법을 알고 있지만 실행하지 않았음을 알게 되었다.

내가 군에 복무하던 중 외부 명사 특강으로 '행복해지는 법'이라는 주제의 강연이 열렸다. 일과를 마치고 한가한 시간이기도 했지만, 왠지 듣고 싶은 마음에 강연장을 찾았다. 그때 강연자의 이야기 중에 시간이 지나도 잊히지 않는 내용이 있다.

강연자는 행복해지는 방법을 알려 주겠다며 왼발에 '하나', 오른발에 '둘'을 세라는 것이었다. 당시에는 청중 대부분이 코웃음을 치며 대수롭지 않은 반응을 보였다. 나 역시 마찬가지였는데, 사실 그 행위는 현재를 충분히 느끼는 아주 쉬운 방법이었다.

온갖 생각들로 채워져 지금 여기를 충분히 느끼기 어렵다는 것을 나이가 들면서 더 또렷하게 알게 되었다. 삶은 계속 복잡해지며 내 마음속은 어지러워졌고, 시간은 나를 기다려 주지 않았다. 그럴수록 단순한 방법이 필요했다. 나는 군 복무 중에 들었던 강연 내용이 떠올랐다. 왼발에 '하나', 오른발에 '둘'을 세는 일. 물론 이렇게 단순한 행위를 하는 순간에도 잡념은 내 머릿속을 비집고 들어왔다. 하지만 간단한 몸동작과 숫자를 반복하는 일은 나를 지금 이 순간에 집중하도록 만들어 주었다.

오랫동안 걸을 수 있었던 여행에서도, 일상의 걷기 행위에서도 이를 실천에 옮겼더니 자유로움이 느껴졌다. 지금 이 순간에 집중할 수 있는 쉬운 실천 방법이면서도 반복적인 연습이 되었다. 나의 걸음을 느끼고 그때 내 몸의 움직임을 바라보며 어떤 생각이 들어오는지 관찰하는 과정을 연습했다. 생각이 들어오면 '들어왔구나.' 하면 되었다. 어떤 감정이 들어와서 생각이 생각의 꼬리를 물 때는 그 감정을 찬찬히 살펴봤다. 이것이 바로 마음챙김이라 할 수 있는데, 거창한 방법이 필요한 것은 아니었다. 나에게 들어온 감정이나 생각들을 들여다보면 된다. 내 마음대로 생각이 정리되지 않을 때는 시간을 충분히 가지고 생각을 충분히 이어 가는 것 역시 마음챙김이다. 다시 생각이 조금 가벼워진다면 왼발에 '하나', 오른발에 '둘'을 외쳐 보자. 지금, 여기를 오롯이 살아가는 자신에게 집중할 수 있을 것이다.

지금 여기를 살아가는 자유로움

나는 '나'라는 사람으로서 '나의 인생'을 살아가고 있다. 나만 그런 것이 아니라 사실 우리 모두가 그렇다. 우리는 각자의 존재로서 각자의 인생을 살아간다. 그런데 나이가 한 살씩 더해질수록 나의 머릿속에서 해결되지 않는 질문이 자꾸만 떠올랐다. 그 첫 번째는 '나는 누구인가?'였고, 두 번째는 '인생은 무엇인가?'였다.

나는 항상 어딘가에 소속된 존재였다. 유치원에 다니고, 학교에 다니고, 회사에 다니면서 교육과 훈련을 받아 왔다. 그 과정에서 나라는 존재를 때로는 누군가와 비교하기도 하며 나의 존재를 자각해 왔다. 그리고 나는 다양한 집단 속에서 남들과 비교해 뒤처지지 않기 위해 무던히도 애쓰면서 살아왔다. 물론 그 과정에서 얻은 것들 역시 지금의 나를 구성하는 내용물이다.

그러던 어느 날 나는 문득 내가 소속되어 있는 집단에서 한 발자국 물러나 물끄러미 나를 바라보았다. 그 순간 다시 내 존재에 대한 근원적 질문과 함께 강한 의구심이 몰려왔다.

'도대체 나는 누구인가?'

누군가 처음 만나는 사람이 나에 대해 물어올 때면 나는 맨 먼저 내가 속해 있는 집단을 먼저 알려 준다. 그것이 나를 대표한다고 인식해 왔기 때문이다. 그러나 내가 소속된 그곳에서 한 발자국 물러나 나를 돌아보니, 그동안 내가 소속에 매몰되어 나의 정체성을 잊고 살아왔다는 생각이 들기도 했다.

물론 그 과정이 잘못되었다는 뜻은 아니다. 자신이 소속된 곳에서 열심히 몰입하여 다양한 성과를 만들고 성장했다면 충분히 값진 일이다. 또한 그와 함께 자신의 정체성을 정립하기까지 했다면 더욱 의미 있는 여정을 해 온 것이다. 그러나 한 번쯤은 '진짜 나'를 만나기 위해서 우리는 자신이 속해 있던 집단에서 빠져나와 자기를 찾아 떠나는 여정의 길을 나설 필요가 있다.

많은 사람들이 정년 즈음이 되어 퇴직하는 시점에 와서 이러한 여정을 떠나곤 한다. 『임파워링 하라』의 저자 박창규 코치는 군에서 소장으로 전역할 시점에 자신에게 이러한 질문을 던졌다고 한다.

'나는 이제 군인이 아니고 누구지? 군인이 아닌 자연인 박창규로 살아가려면 어떻게 해야 하지?'

박창규 코치는 전역 후 자신에게 가장 무력감을 안겨 준 것이 바로 '당신은 누구입니까?'라는 질문에 답을 할 수 없었다는 사실이라고 말했다. 예비역 장성은 과거 자신의 신분이었지, 현재 자신의 정체성이 아니었기에 자신의 정체성을 찾는 일이 중요했다고 말한다. 그는 진정한 자기를 발견하고 정체성을 확립하기 위해 스스로에게 묻고 또 물어야 했다.

나는 30대 중반에 첫 직장에서 퇴사를 결정했고, 자연스럽게 이 질문이 나에게도 따라왔다. 소속감의 부재에 몸부림치며 정체성을 고민했다. 나는 나에 관해 오해하고 있었다. 6년의 직장생활을 통해 얻은 것들, 즉 내가 좋아하는 일, 내가 잘하는 것, 내가 보완해야 할 점과 같은 것들을 나와 동일시했던 것이다. 그러나 결국 내가 직장생활을 통해 얻은 것들은 나를 구성하는 내용물이지, 그것이 내 존재 자체는 아니었다.

나는 다른 이직자들처럼 퇴직과 함께 다른 회사로 옮겨 소속감을 이어 가지 않았기 때문에, 그 질문에 더 절실하게 직면하게 되었다. 그러나 나는 그 상황에 내던져진 것이지, 오롯이 정면 돌파한 것은 아니다. 왜냐하면 나의 정체성을 찾아가는 과정에서 직면하기보다는 대안을 찾는 데 열중했기 때문이다. 그래서 나를 새롭게 브랜딩하고, 새롭게 내가 소속될 곳을 만들어 냈다. 물론 이 과정은 비즈니스 혹은 마케팅 영역에 있어 상당히 값진 과정이었다. 단지 나는 그 과정을 정체성이라는 부분과 혼돈하고 있었다.

계속되는 질문으로 나는 자신에 대해 알아 갔다. 그런데 나의 정체성에 대한 답은 내가 의문시했던 두 번째 질문의 답을 찾아가는 과정에서 얻을 수 있었다. '인생이란 무엇인가?'라는 질문은 늘 나의 삶과 함께였기 때문에 자연스럽게 자기 정체성과 관련된 내용과 연계되었다. 그래서 이 질문에 대답해 가며 '나는 누구인가?' 역시 되묻지 않을 수 없었다.

나는 직장생활 3년 차에 인생이 무엇인가 더욱 궁금해졌다.

업무적으로 어느 정도는 어떻게 흘러가는지 알게 되고 앞으로의 방향을 계획할 수 있었지만, 그보다 먼저 현재 나의 삶이 어떠한지, 나의 인생에 있어서 중요한 것이 무엇인지 깊이 고민하지 않을 수 없었다. 그리고 그 시점에 나는 인생에 대해 애써 깨달음을 얻으려고 노력했다.

'인생이란 나를 알아가는 과정에 있어서 내가 그리고 나의 이웃과 함께 느끼는 희로애락이 아닐까?'

『미움받을 용기』에 나오는 철학자는 이러한 말을 남긴다.

"인생을 결정하는 것은 '지금 여기'를 사는 나."

이는 무슨 말일까? 책을 한 장 한 장 넘기면서 나는 이 말의 의미를 알게 되었다.

"인생 최대의 거짓말, 그것은 '지금 여기'를 살지 않는 것이라네. 과거를 보고, 미래를 보고. 인생 전체에 흐릿한 빛을 비추면서 뭔가를 본 것 같은 착각에 빠져 사는 거지. 자네는 지금까지 '지금 여기'를 외면하고 있지도 않은 과거와 미래에서만 빛을 비춰 왔어. 자신의 인생에 더없이 소중한 찰나에 엄청난 거짓말을 했을 거야."

나는 고개를 끄덕이며 앞으로는 '지금 여기'에서 살아가는 데 집중하리라고 마음먹었다. 그런데 어떻게 하면 '지금 여기'를 살아갈 수 있는지 그 방법이 궁금했다. 그 중요성은 알겠으나 대체 어떻게 하란 말인가. 『삶으로 다시 떠오르기』라는 책의 저자 에크하르트 톨레는 이렇게 말한다.

"실제로는 그 목소리를 알아차리는 그 '알아차림'이 본래의 당신이다. 배경에는 알아차림이 있고, 전면에는 그 목소리, 즉 생각하는 자가 있다."

이 말인즉슨, 진정한 나는 '나를 알아차리는 나'라는 것이다. 예를 들어보자. 우리는 어떤 것을 골똘히 생각할 때가 있다. 그 생각은 다른 생각들로 이어지고, 확장되면서 아주 많은 생각들로 부풀려진다. 혹은 부정적인 생각을 하게 되면 그 생각들이 꼬리의 꼬리를 물며 계속해서 부정적인 생각으로 이어지는 경우도 있다. 그러다가 문득 혼잣말을 한다. '아, 내가 왜 이렇게 생각이 많지.' 그 순간 그 많은 생각들 혹은 부정적인 것이 사라진다. 누구나 이러한 경험을 해 봤을 것이다. 이 사례에서 혼잣말을 내뱉은 그 순간, 알아차림이 일어난 것이고 그 알아차림을 한 자가 바로 나 자신이다.

톨레는 알아차림을 통해서만 지금 이 순간을 올바르게 바라볼 수 있다고 말한다. 저것은 상황이며, 이것은 상황에 대해 내가 느끼는 분노임을 알고, 그런 다음 그 상황에 접근하는 다른 방식이 있음을 깨달을 수 있기에 알아차림을 통해 제한된 관점에서 벗어나 전체적인 모습을 봐야 한다고 강조한다.

이 알아차림이 바로 내가 오랫동안 궁금해했던 '지금 여기'를 살아가는 방법이라고 나는 생각한다. 이 알아차림을 '현존'이라고 부른다. 인간이라는 존재의 궁극적인 목적은, 즉 우리의 목적이기도 한 이것은 '현존'의 힘을 세상 속으로 가져오는 일이라고 톨레는 말한다. 그런데 이것이 말처럼 쉬운 일이 아니다. 왜냐하면 어느 순간 의식적으로 알아차림을 하다가도 다시 생각에 사로잡히는 존재가 우리 인간이기 때문이다.

도대체 우리는 왜 이럴까? 그것은 바로 에고 때문이다. 부정적인 생각이 우리의 의식 위로 떠오를 때 에고의 밑바탕에서 우리를 지배하는 감정은 대개 두려움이다. 아무것도 아닌 존재가 되는 것에 대한 두려움, 존재하지 않게 될 것 같은 두려움, 즉 죽음의 두려움에서 기인한다. 또한 인간관계에서 주로 나타나는 에고의 지배 상태는 원하는 것, 원하는 것의 좌절과 이로 인한 분노, 원망, 비난, 불만 등 그리고 무관심 등에 의해 비롯된다.

에고에 대해 좀 더 알아보자. 에고는 다른 사람들의 관심을 먹고 산다고 한다. 다른 사람들의 관심이란 결국 일종의 심리적 에너지의 한 형태인데, 에고는 모든 에너지의 원천이 자신의 내면에 있음을 알지 못하는 까닭에 그것을 외부에서 찾는다. 그러나 에고가 찾는 것은 인정, 칭찬, 찬사 혹은 어떤 식으로든 주목받고 존재를 인정받으려는 욕구에서 기인한다.

'나는 언젠가 에고로부터 자유로워질 것이다.'

이것은 누가 말하는 것일까? 이렇게 말하고 있는 것도 바로 에고라고 톨레는 이야기한다. 그렇다면 에고로부터 자유를 얻는 방법은 단 하나, 나의 생각과 감정이 일어날 때 그것들을 알아차리는 것이다. 그게 전부라고 에크하르트 톨레는 책에서 전한다. 그것은 하나의 '행위'가 아니라 '깨어 있는 바라봄'이라고 하는데, 이것이 우리가 계속해서 익숙해지고 체득해야 할 중요한 전환이다. 이 전환은 깨어 있는 바라봄, 즉 알아차림을 계속해서 연습하고 훈련하는 과정에서 반복적으로 일어날 것이다.

훈련 과정에는 나는 아주 많은 것들을 느낄 수 있었다. 어느 순간 그냥 왔다 가는 에고도 있고, 그것을 바라보는 나 자신도 있다. 어떤 순간에는 에고에 사로잡혀 정신을 못 차릴 때도 있고, 그 순간이 지나가면 피식 웃기도 한다.

톨레는 현존, 즉 알아차림을 통해 내가 늘 궁금해했던 첫 번째 질문의 답도 나에게 선물했다. 나는 두 번째 질문, '인생은 무엇인가?'를 알아 가는 과정에서 '지금 여기'에 집중하기로 결심하면서 내가 던진 첫 번째 질문의 답을 얻었다. 바로 그 열쇠는 '지금 여기'에 있었다.

"자기 자신을 안다는 것은 자신의 마음속에서 미아가 되는 대신 '순수한 있음'에 뿌리를 내리는 것이다."

'나는 누구인가?', '인생은 무엇인가?'에 대한 답은 지금 이 순간 여기에 있다. 나 역시 여기에 현존하고 있고, 나의 인생은 지금 바로 내 눈 앞에 펼쳐지고 있다.

베르나르 베르베르의 소설 『개미』에서는 세 가지 질문에 대한 이야기가 나온다. 옛날에 개미 왕조에 굼굼나라는 여왕이 있었는데, 그 여왕은 마음의 병에 걸린 채 산란실에서 괴로워하고 있었다고 한다. 그 여왕은 세 가지 문제 때문에 속을 끓

이면서 생각에 골몰하고 있었는데, 그 세 가지 문제란 이런 것
이었다.

- 삶에서 가장 중요한 순간은 언제일까?
- 살아가면서 이루어야 할 가장 중요한 일은 무엇일까?
- 행복의 비결은 무엇일까?

103683호 개미는 야만적인 개미들을 상대로 무자비한 격
투를 벌이던 중 깨달음을 얻는다. 가장 중요한 순간은 '지금'이
고, 가장 중요한 일은 '지금 우리 앞에 있는 것과 맞서는 것'이
며, 행복의 비결은 '살아서 땅 위를 걷는다는 것'이었다. 결국
아주 단순한 것들이었는데, 이 세 가지는 모두 '지금 여기'에 대
한 것이다.

당신 역시 마찬가지다. 지금 여기에서 어떤 선택을 할 것인
가는 오롯이 당신의 몫이다.

주체성: 생각대로 살지 않으면 사는 대로 생각하게 된다

프랑스의 철학자이자 시인인 폴 발레리는 "생각대로 살지 않으면 사는 대로 생각하게 된다."라고 말했다. 널리 알려진 이 말은 인간의 삶에서 주체성의 중요성에 대해 가장 잘 나타낸 말이다.

주체성이 발현되려면 '내 삶의 주인은 나'라는 강렬한 자각이 있어야 가능하다. 이를 위해서는 자기 인식이 필요하고, 자기 이해와 자기분석, 자아상 확립과 같은 선행 활동이 바탕이 되어야 한다. 내 인생의 주인이 되기 위해서는 내가 가지고 있는 것, 내 인생의 구성 요소들을 정리하고 자신을 이해해야 한다.

자신의 삶의 태도가 수동적일 때, 실제로 자신의 말과 행동의 표현에 있어서도 수동적인 모습으로 나타난다. 일상생활에서 우리는 의외로 수동적인 표현을 많이 한다. 그동안 살아온 삶이 나도 모르게 수동적이었고 주체적이지 않았다면 시간을 가지고 삶의 태도를 돌아봐야 한다. 자신의 삶의 시간을 돌아보고 삶의 영역을 나누어 살펴보며, 자신을 포함해 연계된 모든 것을 다시금 바라봐야 한다.

하물며 작은 사업을 할 때도 사장의 마인드와 직원의 마인드는 다르다. 그 이유는 무엇일까? 직원은 진짜 사장, 즉 주인이 되어 보지 않았기 때문이다. 진짜 사장이 되어 주인의 역할을 맡아 책임을 수행할 때 비로소 주인의식을 가질 수 있다. 사람에게도, 인생에서도 마찬가지다. 직접 삶의 주인이 되어 진짜 삶을 살아야 한다.

끈기: 꾸준함 없이는
원하는 결과물을 만들기 어렵다

나는 왜 이렇게 끈기가 없을까? 나는 무언가를 꾸준하게 끝까지 해본 적이 있을까? 열정이 없어서 그럴까? 끈기는 어떻게 해야 키울 수 있을까? 아니, 과연 끈기는 키울 수 있는 것일까?

스무 살의 나는 무척이나 유약하고 소심했다. 다른 사람들의 눈치를 많이 보았고, 무언가에 열정을 보이는 일이 드물었다. 당연히 무언가를 꾸준하게 하는 것이 어려웠다. '과연 나는 열정과 끈기를 키울 수 있을까?' 스무 살 시절, 내가 고민하던 이 문제는 나만의 것은 아니리라. 살다 보니 이러한 고민을 하는 사람들이 많다는 것을 알게 되었다.

심리학자인 앤젤라 더크워스(Angela Duckworth)는 미국의 심리학자로, 『Grit』이라는 책으로 많이 알려진 작가이기도 하다. 이 책에서 저자는 그릿(grit)이라는 개념에 대해 설명한다. 저자는 그릿이라는 용어를 성공과 성취를 끌어내는 데 결정적 역할을 하는 투지 또는 용기라는 의미로 개념화했다.

그리고 어떤 일에 대해 성공하기 위해서는 열정과 집념이 중요한데, 이때 재능보다는 노력의 힘에 대해 더크워스는 더 강조하고 있다. 또 그는 꾸준한 노력을 기울이기 위해서는 관심, 연습, 목적, 희망이라는 네 가지 심리적 자산이 필요하다고 보았다.

무언가를 꾸준하게 하기 위해서 우선 필요한 것은 '관심'이다. 모든 것에 관심을 두기는 어렵지만, 자신이 원하는 바가 무엇인지 깊이 이해하는 사람은 자신의 관심 분야가 명확하다. 그러나 관심만 가진다고 갑자기 무언가를 잘하거나 꾸준하게 하기는 어렵다. 다음 단계로 '연습'이 필요하다. 반복되는 연습은 사람을 지치게 하고, 포기하고 싶게 만들기도 한다. 이때 자신의 '목적'을 더욱 확고히 한다면 반복적으로 연습하다가 발생하는 매너리즘을 극복하거나 목표점으로 한 발 더 다가가는 데 효과를 발휘할 수 있다. 마지막으로 어려운 일이 닥쳐도, 장애물을 만나도 굳건히 계속하기 위해서 '희망'이 필요하다.

심리학자의 연구를 살펴보는 것도 흥미롭고 좋은 자극이 되지만, 경험적으로 각자가 가지고 있는 자산을 돌아볼 때 소프트 파워는 더 큰 힘을 발휘할 것이다. 단, 언제나 이 말을 잊지 말고 명심하기를 바란다.

'꾸준함 없이는 어떠한 것도 원하는 결과물을 만들기 어렵다.'

책임: 자기와 삶에 대한 최소한의 예의

주체성과 끈기 역시 중요한 소프트 파워의 요소임을 상기했
다. 하지만 일상에서는 다시 주체성이 무뎌지고 끈기의 지속성
이 사라진다. 사람이기 때문에 그럴 수 있다. 그렇다면 주체성
과 끈기는 어떻게 지속할 수 있을까? 이 질문에 대한 효과를
발휘하는 것이 바로 '책임'이다. 파울로 코엘료의 소설 『11분』에
나오는 내용 중 요약된 부분을 읽어 보자.

롤러코스터에 오르는 사람들은 스릴을 만끽하고 싶어
하는 사람들이다. 그런데 일단 그게 움직이기 시작하면
겁에 질려 멈춰 달라고, 내리게 해 달라고 사정하는 사

람이 많았다.

그들은 뭘 원하는 걸까? 모험을 선택했다면 끝까지 갈 각오를 해야 하는 게 아닐까. 아니면 정신없이 오르락내리락하는 것보다 안전한 회전목마가 낫다고 뒤늦게 생각한 것일까?

내가 여기 있는 것은 내가 이 운명을 선택했기 때문이라고 나 자신을 설득해야 한다. 롤러코스터. 그게 내 삶이다. 삶은 격렬하고 정신없는 놀이다. 삶은 낙하산을 타고 뛰어내리는 것. 위험을 감수하는 것. 쓰러졌다가 다시 일어서는 것이다. (중략)

잠이 들었다가 롤러코스터 안에서 갑자기 깨어난다면 어떤 기분이 들까? 갇혔다는 기분이 들것이고, 커브가 두려울 것이고, 거기서 내려 토하고 싶을 것이다. 하지만 그 롤러코스터의 궤도가 내 운명이라는 확인, 신이 그 롤러코스터를 운전하고 있다는 확신만 가진다면 악몽은 흥분으로 변할 것이다. 롤러코스터는 그냥 그것 자체, 종착지가 있는 안전하고 믿을 만한 놀이로 변할 것이다. 주변 경치를 바라보고 스릴을 즐기며 소리를 질러대야 하리라.

그렇다. 삶은 계속된다. 퇴근을 해도 삶은 이어지고, 여행을 마치고 와도 삶은 계속된다. 어려운 일을 잘 처리한 다음에도, 여유로움을 만끽한 후에도 마찬가지다. 삶의 연속성이 롤러코스터를 타고 있는 동안의 관성과 같다. 한 번 달리기 시작하면 끝날 때까지는 멈추지 않는다. 언제 끝날지 알 수 없지만, 유한성이 있기 때문에 우리는 삶에 대해 끊임없이 고민한다. 파울로 코엘료의 소설 속 내용에서 작가는 인생에서 중요한 것은 삶에 대한, 자신의 선택에 대한 책임이라고 말하고 있다. 책임이 주체성과 끈기의 지속성에 영향을 미친다.

롤러코스터를 탔는데 일단 움직이기 시작하니 멈춰 달라고 하는 것은 자신이 선택한 일에 대한 책임을 부정하는 것이다. 책임을 부정한다는 것은 자기 행동의 원인을 다른 데로 돌린다는 뜻이기도 하다. 그러나 자신이 선택한 것에 대해서는 책임을 인정하고, 만약 그 과정에서 어려움이 있다면 어떻게 어려움을 해소할지 방법을 찾아야 한다. 그것이 우리 자신과 삶에 대한 최소한의 예의가 아니겠는가.

습관: 습관은 어떻게 바꿔야 하는가

오랜 기간 동안 누적된 개인의 습관은 무의식적으로 행해질 때가 많다. 어쩌면 자기도 모르게 자신을 통제하고 있을 만큼 습관이란 것이 무섭다. 그만큼 습관을 바꾸기란 쉽지가 않다.

생각이 바뀌면 행동이 바뀌고, 행동이 바뀌면 습관이 바뀌며, 습관이 바뀌면 인생이 바뀐다고 했다. 나는 이 말에 적극 공감한다. 그래서 나쁜 습관을 바꾸려고 해도 생각처럼 잘되지 않는다. 때로는 생각이 바뀌었다고 생각될 때도 있지만, 습관은 쉽사리 바뀌지 않았다. 도대체 습관은 어떻게 바꿔야 할까?

먼저 자신이 바꾸고 싶은 습관을 영역별로 나누어 본다. 예를 들어 운동, 정리, 재테크라는 세 가지 영역을 정하면, 다음으로 각 영역에서 어떤 것만큼은 반드시 습관을 바꾸거나 새로운 습관을 만들 것인지 정하는 것이다. 사소하더라도 매일 실천할 수 있는 행동이 좋고, 너무 부담스럽지 않은 정도로 설정해야 한다. 그래야 반복적인 실행력이 높아지고 그것들이 쌓여서 습관이 된다.

운동을 예로 들어보면, '일주일에 두 번은 반드시 유산소 운동을 30분씩 한다.'와 같이 구체적이고 크게 부담 없는 선에서 목표 습관을 설정하는 것이 좋다. 마찬가지로 정리하는 습관의 경우에는 '하루에 15분은 반드시 하루를 정리하는 시간을 가진다.'와 같이 간단하게 설정할 수 있다.

이와 같은 실천 지침들을 눈에 띄는 곳에 붙여 놓고 매일매일 실행 여부를 체크하면서 일과에 포함하면 효과적이다. 매일매일 꾸준히 잘 실천한다면 성취감을 맛볼 수도 있고, 생각만큼 잘되지 않고 있다면 해냈다는 성취를 표시하거나 느끼는 과정을 반복한다면 반성하고 또다시 앞으로 나아가면 된다.

인간은 작은 움직임의 단계를 건너뛰고 갑자기 큰 움직임을 취할 수 없다. 대단한 동기부여가 있거나 확고한 의지가 있지 않고서는 말이다. 하지만 간단하거나 작은 움직임들은 실행할 확률이 높다. 이렇게 작은 움직임을 반복해서 실행하면 큰 움직임으로 이어질 수 있고, 그것이 좋은 습관으로 굳어지면 당신의 인생도 바뀔 수가 있다. 그렇게 되면 바로 당신이 원하는 모습, 당신이 꿈꾸는 인생의 장면이 펼쳐질 것이다. 지금 이곳, 당신의 눈앞에서 말이다.

Part 6

앞으로
가야 할 길

지금 이 책을 읽는 순간에도 우리는 삶의 한가운데에 있다. 나는 독자들이 손에서 책을 내려놓고 다시 삶 속으로 들어갔을 때 여러분의 인생이 조금은 다른 출발점에 놓여 있기를 바란다. 또한 자신을 바라보는 관점이 조금이라도 변화하고, 자신이 조금은 유연해질 준비가 되어있길 바란다.

우리는 이 책에서 어쩌다 보니 뻣뻣해진 자신을 유연하게 만들고, 풍요로부터 멀어진 우리 삶을 좀 더 풍요롭게 만들어 줄 소프트 파워에 대해 살펴보았다. 이 여정을 통해 독자들이 자신과 자신에게 주어진 삶을 다시금 바라보는 계기가 되도록 좋은 자극을 주기 위해 함께 노력했다. 이전보다 자신과 자신의 삶에 대해 좀 더 애정을 가지고 지금껏 살펴본 소프트 파워 기술을 하나씩 삶에 적용해 본다면, 분명 삶이 한층 더 풍요로워질 것이다. 물론 이것이 하루아침에 이루어지지는 않는다. 좋은 습관을 익히는 것처럼 당연히 반복적인 연습이 필요하다.

《어웨이크너》의 이성엽 작가는 성장에는 다음과 같은 네 단계가 있다고 말했다.

1. 무의식적 무능력: 자신이 무언가를 모르고 있다는 사실 자체를 모르는 상태
2. 의식적 무능력: 내가 모르거나 못하는 것을 아는 상태
3. 의식적 능력: 내가 능력이 있고, 또 그것을 알고 있는 상태
4. 무의식적 능력: 내가 능력이 있다는 것조차 의식하지 않

지만, 이미 충분히 능력을 발휘하고 있는 상태

1단계인 무의식적 무능력 상태에서는 스스로 성장에 대한 필요성을 느끼지 못하기 때문에 마음의 불편감이 없다. 그러나 2단계인 의식적 무능력 상태가 되면 마음이 불편해지기 시작한다. 의식적 능력 상태에서는 개인의 의지가 중요한데, 우리가 소프트 파워를 배우고 삶에 적용하는 과정이 바로 이 단계에 포함된다. 삶이 우리의 소프트 파워를 연습하기에 아주 좋은 현장이라고 생각해 보자. 조금씩이라도 연습하며 앞으로 나아가다 보면 어느 순간 그 과정을 즐기는 자신을 발견하게 될 것이다.

내가 숨 쉴 곳은 지금 여기

몇 해 전 아주 긴 여행을 다녀올 수 있는 기회를 마련했다. 인생이 힘들다고 느껴서 스스로 인생의 방학을 마련했던 기간 중 45일간 혼자 배낭여행을 떠났다. 쉽게 시간을 낼 수 없었기에 무척이나 값지게 느껴진 시간이었다. 태어나 처음으로 한 달이 넘는 기간 동안 혼자 여행하면서 많은 것들을 배우고 느끼고 느꼈다.

여행하면서 다양한 사람들을 만나고 삶을 나누는 의미 있는 시간이었다. 무엇보다 의미 있었던 점은 여행을 통해 지금 여기를 살아가는 체험을 많이 했다는 것이다. 그 시간 동안만큼은 아쉬움과 후회가 남는 과거와 걱정과 불안이 앞서는 미래로부터 나는 한결 자유로웠고, 어쩌면 일상에서도 과거와 미래가 아닌 지금 여기를, 현재를 살아가려는 노력이 필요하다고 생각했다. 그것이 바로 내가 앞으로 살아가야 할 삶의 방향이라고 여겨졌다.

우리가 지닌 다양한 소프트 파워의 기술은 지금 여기를 충분히 느끼고 살아가는 사람에게 더 많이 열린다. 충분한 여유와 공간을 가지고 지금 여기에 존재하면서 자신과 상대를 바라볼 수 있을 때 더 큰 가능성이 열린다.

인생에서 부딪치는 일들을 걱정만 하고 불평만 할 것이 아니라 긍정적인 마음을 가지고 우리에게 잠재된 능력을 충분히 발휘하기 위해 끊임없이 훈련할 때 성장의 마지막 단계인 '무의식적 능력 상태'로 나아갈 수 있다.

그런데 이때 마음의 상태가 지금 여기의 상태가 아니라면 잠시 휴식을 취하는 것도 좋다. 물리적인 시간을 마련하고 자신의 몸과 마음이 충분히 쉴 수 있도록 하는 것 역시 우리의 삶에는 필요하다. 잠깐의 쉬어 감을 통해 몸과 마음의 에너지를 충전하고 다시 한 발씩 나아간다면 찬란한 지금 이 순간을 충실히 살아갈 수 있을 것이다.

궁극의 소프트 파워는 무엇일까

이 책을 통해 AI, 하이테크 시대에 필요한 인간만이 갖고 있는 다양한 소프트 파워를 바라보며 나와 타인 그리고 삶을 다시 바라봤다. 독자가 새로운 관점으로 새로운 눈을 발견하며 나를, 관계를, 삶을 바라볼 수 있도록 자극하려고 노력했다. 모두 우리에게 좋은 자극을 줄 수 있고 삶을 풍요롭게 만드는 것이 소프트 파워이다. 어쩌면 배우지 않아도 이미 우리가 갖고 있었을지도 모른다. 우리가 모두 마음속에 갖고 있는 '사랑'처럼 말이다. 좋은 자극으로 일깨워 보는 계기가 되면 좋겠다.

다양한 소프트 파워 중에서 마지막으로 우리가 추구해야 할 궁극의 소프트 파워는 무엇일까? 우선 최대 수혜자로서 관심을 갖고 연습하고 훈련해야 할 대상의 측면에서 소프트 파워는 '조절력'이라고 말하고 싶다. 말랑말랑하고 부드럽고 유연한 소프트한 힘으로써 사용할 때 조절하지 않으면 다시 자신이 뻣뻣해지고 강해지고 효과는 없는 무력(無力)이 된다. 예를 들어, 공감 능력이 중요하다고 해서 누군가에게 공감을 강요해서는 안 된다. 힘을 알고 상황에 따라, 시점에 따라, 대상에 따라 조절할 수 있어야 효과적인 활용이 될 것이다. 따라서 우리가 궁극의 소프트 파워로써 조절력을 추천하고 다른 소프트 파워 역시 추구하는 방향이 '조절'이 되길 바란다. 또한 이는 통제(control)가 아닌 조절(adjust)이길 희망한다. 조절하는 연습 역시 소프트 파워의 과정이고 훈련이다. 과정에서 욕심을 내려놓고 연습과 훈련이라고 생각하면 마음 또한 편안해진다.

우리는 완벽한 존재가 아니다. 나와 타인 모두 삶에 대해 배워가는 과정에 있는 존재들이다. 배우고 조절하는 연습을 하며 앞으로 조금씩 나아가면 된다. 조금 더 혹독한 훈련이 필요한 시기에는 소프트 파워에 대해 더 집중하자. 집중하고 훈련하는 만큼 가장 큰 수혜자는 자신이 될 것이다. 유연성과 삶의 풍요를 만드는 주체이자 주인공이 될 것이다.

아우슈비츠 수용소에서 살아 돌아온 빅터 프랭클 박사가 말한 인간 고유의 능력 역시 조절력이었다. 자극과 반응 사이에 간극과 공간을 만들 수 있는 존재는 인간뿐이다. 결국 우리는 이미 조절력이라는 소프트 파워를 갖고 있음에도 내 안의 공간을 만드는 연습이나 훈련이 부족해서 발휘하지 못하는 것이기도 하다. 내공은 내 안에 얼마나 많은 힘을 많이 갖고 있느냐보다는 얼마나 많은 공간을 확보하느냐의 문제이다. 자신 안의 공간을 마련하는 이 책을 통한 훈련을 통해 궁극의 소프트 파워를 향해 가길 희망한다.

"원래 훈련은 힘들잖아요. 안 힘들면 훈련이 아니니까."

우리나라의 한 운동 선수가 중학교 시절에 한 말이다. 훈련의 의미를 명확하게 알고 있는 이 선수의 말을 되새기며 나 역시 소프트 파워를 어떻게 훈련할지 마음을 정돈했다. 독자와 함께 나 역시 다양한 소프트 파워를 장착하고 계속해서 훈련하며 풍요로운 삶을 이어가고 싶다.

AI & 하이터치 시대에 필요한 진정한 힘
말랑말랑 소프트 파워

초판인쇄	2024년 5월 16일
초판발행	2024년 5월 23일
지은이	유재천
발행인	조현수
펴낸곳	도서출판 더로드
기획	조영재
마케팅	최문섭
편집	문영윤
본사	경기도 파주시 광인사길 68, 201-4호(문발동)
물류센터	경기도 파주시 산남동 693-1
전화	031-942-5366
팩스	031-942-5368
이메일	provence70@naver.com
등록번호	제2015-000135호
등록	2015년 6월 18일

정가 17,800원
ISBN 979-11-6338-456-4 (03810)